共和国故事

科 技 之 路

——二十一个国家高新技术产业开发区批准建设

王金锋 编写

吉林出版集团股份有限公司

图书在版编目（CIP）数据

科技之路：二十一个国家高新技术产业开发区批准建设/王金锋编. ——
长春：吉林出版集团股份有限公司，2009.12

（共和国故事）

ISBN 978-7-5463-1816-5

Ⅰ．①科… Ⅱ．①王… Ⅲ．①纪实文学 – 中国 – 当代 Ⅳ．①I25

中国版本图书馆 CIP 数据核字（2009）第 236788 号

科技之路——二十一个国家高新技术产业开发区批准建设

KEJI ZHI LU　　ERSHIYI GE GUOJIA GAOXIN JISHU CHANYE KAIFAQU PIZHUN JIANSHE

编写　王金锋

责任编辑　祖航　李婷婷

出版发行　吉林出版集团股份有限公司

印刷　三河市嵩川印刷有限公司

版次　2010 年 1 月第 1 版　　2022 年 1 月第 11 次印刷

开本　710mm×1000mm　1/16　　印张　8　字数　69 千

书号　ISBN 978-7-5463-1816-5　　定价　29.80 元

社址　吉林省长春市福祉大路 5788 号

电话　0431 – 81629968

电子邮箱　tuzi8818@126.com

前　言

　　自 1949 年 10 月 1 日中华人民共和国成立至今,新中国已走过了 60 年的风雨历程。历史是一面镜子,我们可以从多视角、多侧面对其进行解读。然而有一点是可以肯定的,那就是,半个多世纪以来,在中国共产党的领导下,中国的政治、经济、军事、外交、文化、教育、科技、社会、民生等领域,都发生了深刻的变化,中国人民站起来了,中华民族已屹立于世界民族之林。

　　60 年是短暂的,但这 60 年带给中国的却是极不平凡的。60 年的神州大地经历了沧桑巨变。从开国大典到 60 年国庆盛典,从经济战线上的三大战役到经济总量居世界第三位,从对农业、手工业、资本主义工商业的三大改造到社会主义市场经济体制的基本确立,从宜将剩勇追穷寇到建立了强大的国防军,从废除一切不平等条约到独立自主的和平外交政策,从"双百"方针到体制改革后的文化事业欣欣向荣,从扫除文盲到实施科教兴国战略建设新型国家,从翻身解放到实现小康社会,凡此种种,中国人民在每个领域无不留下发展的足迹,写就不朽的诗篇。

　　60 年的时间在历史的长河中可谓沧海一粟。其间究竟发生了些什么,怎样发生的,过程怎样,结果如何,却非人人都清楚知道的。对此,亲身经历者或可鲜活如昨,但对后来者来说却可能只是一个概念,对某段历史的记忆影像或不存在,或是模糊的。基于此,为了让年轻人,特别是青少年永远铭记共和国这段不朽的历史,我们推出了这套《共和国故事》。

《共和国故事》虽为故事,但却与戏说无关,我们不过是想借助通俗、富于感染力的文字记录这段历史。在丛书的谋篇布局上,我们尽量选取各个时代具有代表性或深具普遍意义的若干事件加以叙述,使其能反映共和国发展的全景和脉络。为了使题目的设置不至于因大而空,我们着眼于每一重大历史事件的缘起、过程、结局、时间、地点、人物等,抓住点滴和些许小事,力求通透。

历史是复杂的,事态的发展因素也是多方面的。由于叙述者的视角、文化构成不同,对事件的认知或有不足,但这不会影响我们对整个历史事件的判断和思考,至于它能否清晰地表达出我们编辑这套书的本意,那只能交给读者去评判了。

这套丛书可谓是一部书写红色记忆的读物,它对于了解共和国的历史、中国共产党的英明领导和中国人民的伟大实践都是不可或缺的。同时,这套丛书又是一套普及性读物,既针对重点阅读人群,也适宜在全民中推广。相信它必将在我国开展的全民阅读活动中发挥大的作用,成为装备中小学图书馆、农家书屋、社区书屋、机关及企事业单位职工图书室、连队图书室等的重点选择对象。

编　者
2010 年 1 月

目 录

一、 提高东部水平

● 天津市副市长王治平出席大会，并与滨海高新技术产业开发区工委书记周思纯，共同为"天津滨海高新技术产业开发区"揭牌。

● 李景林说："国家级高新区不能靠钢筋水泥拉动，而应通过推进投资驱动向创新驱动转变，实施高新产业集聚和创新要素的集聚战略，真正担负起国家赋予的创新使命。"

● 梁建勇说："我们还可以在更新的领域探讨更深入地合作，共建高新产业基地。"

天津高新区创新求发展

2009年3月5日，国务院批复同意，将"天津新技术产业园区"正式更名为"天津滨海高新技术产业开发区"。

与此同时，科技部也对《天津高新区创新型科技园区建设方案》进行了批复，同意天津高新区启动并开展创新型园区建设工作。

这一系列重大战略决策，标志着天津高新区将站在一个新的历史起点上，迎来新的发展机遇期。

1988年3月，经天津市委、市政府批准，天津滨海高新技术产业开发区建立。

20世纪80年代末期，以高科技为标志，以产业化为载体的新技术革命浪潮日益高涨，国内外市场竞争越来越集中地体现在科技领域。

天津市委、市政府充分认识到，要加快经济发展就必须在发展高科技、实现产业化上做文章。基于此，天津开始实施科教兴市战略，把"依靠科技进步、提高整体素质，实现加快发展、增强经济实力"作为重要的战略思想。

天津市委、市政府决定，批准建立天津新技术产业园区。1991年3月，天津新技术产业开发区被国务院批准为首批国家级高新技术产业开发区，总体规划面积85.74 平方公里。

天津滨海高新技术产业开发区分为六部分，其核心区域华苑科技园、滨海科技园分别位于天津市西南部和东部，是天津经济发展的"双子星座"。

天津滨海高新技术产业开发区始终坚持"科学技术是第一生产力"的指导思想，以增强自主创新能力为主线，以高水平环境建设为保证，以体制机制改革为动力，强化政策支撑、载体支撑、生态支撑，构建以企业为主体的研发体系。

天津滨海高新技术产业开发区还坚持实践三级孵化的创业体系，推进支持创新的服务体系，搭建多层次的产学研体系，建设产业创新集群，打造区域特色品牌，不断推动产业结构向高端、高质、高新化发展，在促进科技与经济结合方面走出了一条特色之路。

建区以后，天津滨海高新技术产业开发区始终坚持依靠科技发展经济，主要经济指标持续保持30%以上的增长速度。

1991 年，全区完成技工贸总收入 4.7 亿元，上缴税金 2416 万元；到 2008 年，分别达到 1718 亿元和 97 亿元，是 1991 年的 365 倍和 401 倍，完成地区生产总值 412 亿元，实现了历史性跨越。

天津技术产业开发区的发展环境不断优化，创新能力不断增强，产业规模不断提升，涌现出一大批拥有自主知识产权的高新技术企业，形成了绿色能源、软件及高端信息制造、生物技术与现代医药、先进制造业和现代服务业5个具有较强竞争力的优势主导产业；初步形成了参与产业高端分工、创新浪潮持续涌现、骨干企业规模带动、配套企业链条不断延伸的产业创新集群。

天津滨海高新技术产业开发区已具备了建设高水平自主创新基地和高新技术产业化示范基地的基础和条件。

2009年4月28日，天津滨海高新技术产业开发区揭牌仪式暨创新型科技园区建设动员大会，在高新区华苑科技园海泰大厦举行。

天津市副市长王治平出席大会，并与滨海高新技术产业开发区工委书记周思纯，共同为"天津滨海高新技术产业开发区"揭牌。

更名后的天津滨海高新技术产业开发区和创新型科技园区的建设，标志着在对滨海新区发挥科技引领作用方面，会起到更大的作用。

会上，滨海高新技术产业开发区管委会主任宗国英介绍了更名为天津滨海高新技术产业开发区的意义，以及创新型科技园区的情况。

管委会副主任刘力宣读了国务院《关于同意天津新技术产业园区更名为天津滨海高新技术产业开发区的批复》和科技部《关于同意天津滨海高新技术产业开发区创新型科技园区建设方案的函》。

天津滨海高新技术产业开发区的定位是支撑中国第

三增长极的重要创新极，是体制机制创新的先行区，是全球创新要素的聚焦区，是自主创新和创新驱动型发展的引领区，是"三高"产业结构的示范区。

天津滨海高新技术产业开发区是在整体上建设发展成为国际性创新的先导、自主创新的高地和高新技术产业化的示范基地；形成以滨海科技园的国际性创新发展为龙头，以津西知识创新密集区为基础，以南开科技园和武清开发区、北辰科技工业塘沽海洋科技工业园等特色功能区为扩展，东西互动、区县联动、多点带动的格局；到2015年，基本建成国际性科技园区和聚合全球创新要素的平台。

天津滨海高新技术产业开发区紧紧抓住滨海新区纳入国家总体战略这一重大战略机遇期，坚持高标准规划、高水平建设、高效能管理，将开发区建设成为新技术产业发展的龙头，通过全球性创新要素的高度聚焦和国际性创新环境、创新网络的建立和完善，促成创新成果不断涌现并辐射扩散。

天津滨海高新技术产业开发区努力打造影响全球技术与市场变化、创造和引领产业技术发展潮流的"创新极"，实现对滨海新区的"领航"，形成由"创新极"支撑的重要增长极，成为科技创业者的乐园、科技人才的理想憩息地。

●
提高东部水平

石家庄高新区二次创业

2009 年 9 月 22 日，从石家庄高新技术产业开发区（简称为石家庄高新区）传来消息，该区有 7 个项目列入河北省第二批重点项目，总投资额度达 53.9 亿元。

这是石家庄高新区继上半年 9 个项目列入河北省重点后，再次位列石家庄市首位。

石家庄高新区努力调整招商战略，创新招商方式，积极寻求"二次创业"发展新机遇；在学习实践科学发展观活动中，切实增强省会意识和国家高新区意识，把投资和重点项目建设作为经济工作的首要任务，大力倡导并学习"石家庄速度"，以实实在在的努力、"只争朝夕"的精神，积极寻求"二次创业"新的发展机遇。

一连数日，石家庄市副市长兼石家庄高新区工委书记刘晓军率队，紧锣密鼓、马不停蹄，先后参加了河北省政府与日本驻华大使馆共同举办的河北省与日本经济合作说明会。

刘晓军与部分日本驻华大使馆官员、日企高层进行洽谈，就推动定向招商、精准招商等合作内容与商务部投资促进局进行交流。

刘晓军还走访了世界 500 强企业之一美国汤姆森路透集团北京代表处，与美国汤姆森路透集团全球副总裁戴维·布朗进行了洽谈。

刘晓军走访了国家科技部，以加强对石家庄高新区的指导和帮助，争取在条件成熟时对石家庄高新区实行共建。他还利用双休日赴合肥和成都高新区考察，重点学习招商引资和项目建设、城市规划建设、投融资体制等方面的先进经验。

"知不足而后勇"，通过一系列的行动，人们能够看出石家庄高新区二次创业的决心、勇气和信心。

石家庄高新技术产业开发区是 1991 年 3 月经国务院批准设立的国家级高新区，于 1992 年正式启动建设，后来逐渐形成"一区三园"的总体格局。

其中，东区 5.8 平方公里，为石家庄高新区的基本区，区内辖 1 个乡、9 个自然村、10 万余人，其发展定位是以建设高新技术企业为主，同时以金融、商贸、居住和文体等配套设施为支撑的石家庄市的新城区。西区 8.2 平方公里，其发展定位是以中小科技企业和孵化器建设为主的高科技创业园区。良村园区 4 平方公里，其发展定位是以医药化工、石化产业为主的科技工业园区。3 个园区统一政策、统一规划、优势互补、协调发展。

截至 2002 年底，进区企业已达 1470 余家，其中经认定的高新技术企业 350 家、外商投资企业 115 家。随着一大批项目进区建设，支柱特色产业初步形成。

一些国际知名公司，如日本的富士通，美国的哈里斯公司、孟山都公司，德国的赫斯特公司，英国的汇丰银行，意大利的萨普拉斯公司等，均在新区内建立了企业。初步形成了以通信电子和化工医药及中医药为支柱的产业特色。2002年，通信电子类、化工医药和中医药类的技工贸总收入分别占全区技工贸总收入的38%和30%。

与此同时，相继建立了河北软件园、海外学子创业园和大学科技园。以国家级的创业服务中心为龙头，在区内外建立了6个孵化基地，为科技成果转化为生产力搭起了桥梁。

建区以后，石家庄高新区始终坚持环境优先，环境建设有了较大进展。在硬环境方面，3个园区累计完成基础设施投资13亿元，起步区达到"七通一平"。

经过十年多的建设，石家庄高新区已经成为区域经济新的增长点，科技与经济最具活力的结合点，向传统产业扩散高新技术的辐射源，对外开放的主阵地，承接国际产业转移的重要载体，环境优美创新能力强的新城区。

然而，在看到一系列成绩的同时，人们也不难发现其不足。河北石家庄高新区工委书记李景林上任时，高新区的房地产项目还"三分天下有其一"，高新技术企业税收不到全区的一半……

李景林说："国家级高新区不能靠钢筋、水泥拉动，而应通过推进投资驱动向创新驱动转变，实施高新产业集聚和创新要素的集聚战略，真正担负起国家赋予的创新使命。"

经过反思，以李景林为代表的新一届工作委员会、管委会领导班子重新定位，"调""奖""改"并举，向建设一流创新园区迈进。

在一次创业中，受"以地生财"等错误观念的影响，石家庄高新区上马了许多房地产项目，其财政收入比例接近三分之一。

为给产业发展扫清道路，石家庄高新区顶住各方压力，壮士断腕，从 2005 年开始，彻底停止了房地产项目的审批。

在此基础上，石家庄高新区大力实施产业结构调整，对非高新技术产业通过劝离高新区、资产重组、企业间兼并等方式，实施项目退出机制，为高新技术企业发展腾出空间。

对于有潜力的高新企业，石家庄高新区则大开绿灯。蜚声海内外的以岭药业集团，在 2000 年后依靠科技创新迅速扩张。在土地资源异常紧张的情况下，石家庄高新区先后拿出 100 多亩土地，用于该集团改扩建。

与此同时，石家庄高新区依托高新技术龙头企业打造产业集群。经过几年努力，初步形成了生物与现代中医药、电子信息、新材料、微波通讯器件等四大高新技术产业集群，发展势头迅猛。

2007 年初，石家庄高新区制定了《关于进一步增强自主创新能力的实施意见》，决定从当年开始，每年拿出当年财政预算支出的 5% 作为科技专项资金，奖励创新企业。

按照这一比例，2007 年石家庄高新区要拿出 2000 万元，除无偿资助企业建立技术中心和公共技术平台等外，还设立了知识产权奖、企业研究开发奖、高端人才奖、伯乐奖等，几乎覆盖了企业创新的各个环节。

"奖金之高、奖励面之广，都是高新区成立 16 年来的第一次。许多企业都半信半疑。结果当然是到年底全部兑现，在企业中产生了强烈的轰动效应！"说到这里，高新区经济科技局副局长丁飞燕一脸兴奋。

除了奖励创新，石家庄高新区还在高新企业融资、人才引进等方面推出新举措，企业的创新积极性大为提高。

为了更好地服务高新区建设，即使在双休日管委会工作人员也照常上班。机关工作人员用"5＋2"和"白＋黑"来形容他们当前的工作状态。

李景林认为，在诸多创新要素中，人是第一位的因素。要建设国家一流创新园区，就必须把管委会建成办事效率高、创新意识强的一流服务政府，为企业自主创新提供周到、及时的全方位服务。

为此，石家庄高新区进行了一场"大换血"，打破等级界限，实行竞聘上岗，择优任用，面向全国公开招聘了一批年轻有为的高层次人才。

河北先河科技发展有限公司是当时国内唯一一家拥

有完全自主知识产权的环境监测仪器仪表生产企业。2007 年初该公司获得国家科技进步二等奖。

令公司负责人意想不到的是，获奖后不到两周，高新区经发局就起草了一份关于鼓励与支持该公司技术创新及持续发展的建议。这份 4000 多字的建议书，不仅替企业申请了各项配套奖励资金，还对企业未来的市场前景、面临的困难进行了客观分析，并向管委会提出了给予贴息贷款、优先解决二期用地等具体扶持意见。

"工委、管委会比我们想得还周到、超前，我们不好好干，对不起人家！"该公司副总裁范朝说。

种瓜得瓜、种豆得豆。2007 年，石家庄高新区在获得 1 项国家技术发明奖、1 项国家科技进步二等奖和 19 项省部级科技进步奖的同时，还增加了 3 块"国字号"招牌——国家火炬计划软件产业园基地、国家知识产权试点园区和国家现代特色中药产业集群。

辛勤努力，得到的是丰硕成果。看着新鲜出炉的"成绩单"，河北石家庄高新区工委书记李景林喜上眉梢。

沈阳高新区走持续发展道路

2008 年，"火炬计划"已经实施了 20 年，沈阳高新区把自主创新写在发展的旗帜上，努力践行科学发展观，走上了一条又好又快的可持续发展之路。

到 2008 年，沈阳高新区有 23 项技术达到国际领先水平，32 项技术在国内处于领先地位，成为辽沈地区对外开放的窗口、老工业基地振兴的引擎和高新技术产业发展的火车头。

沈阳高新区位于沈阳城区南部，始建于 1988 年 5 月，1991 年 3 月被国务院首批批准为国家高新技术产业开发区，是科技部重点支持的 10 个开发区之一。

2001 年 10 月，为进一步加快高新区发展，拓展高新技术产业发展空间，完善综合配套功能，沈阳市委、市政府作出了依托沈阳高新区，全面开发建设浑南新区的重大战略决策，组建了浑南新区，拉开了沈阳高新区"二次创业"的序幕。

沈阳作为辽宁省省会、东北地区最大的中心城市，在推进东北老工业基地振兴的过程中肩负着重要使命。老工业基地振兴既需要先进技术的输入，又需要体制上的彻底变革和区域文化的创新。

在技术创新方面，沈阳高新区始终将发展高新技术产业作为带动整个产业结构优化升级的关键举措，不断探索高新技术对传统产业改造提升的创新模式。

东软集团成功研制了我国第一台 CT（Computed Tomography，计算机体层摄影）、螺旋 CT、数字 X 光机、磁共振等产品，其正电子发射计算机断层显像（Postiron Emission Tomography，简写为 PET），代表了世界核医学技术的最高水平。

新松机器人自动化股份有限公司成功研制出我国第一台洁净机械手，打破了国外对此类产品的限制和垄断，其自主研发的自动导引车（AVG），国内市场占有率达到 99%，并开创了国产机器人出口的先河。

中国科学院沈阳科学仪器股份有限公司成功完成了 6 英寸等离子体增强化学气相沉积法（Plasma Enhanced Chemical Vapor Deposition，简写为 PECVD）、罗茨干泵的研制任务，为我国 IC 装备的全面发展奠定了基础。

沈阳机床集团、沈阳高精数控技术有限公司及中科院沈阳计算技术研究所联合开展和实施"国产数控机床应用国产数控系统示范工程"，率先实现了国产中高档数控系统在国产数控机床上的批量应用，推动了我国重大装备从"中国制造"向"中国创造"跨越。

沈阳国家动漫产业基地迅速崛起，沈阳四维数码科技有限公司自主创新的光维立体影像"4D 技术"全球领先，彻底打破立体节目贵族化形象，把立体影像节目带入千万个家庭……

沈阳是国家"一五""二五"时期重点建设起来的老工业基地，素有"共和国装备部"的美誉。作为这样一个老工业基地城市的高新区，与生俱来带着一种特殊使命，即实现高新技术产业发展与老工业基地传统产业改造升级的双赢。

沈阳高新区管委会主任黄凯说，沈阳高新区作为沈阳市高新技术产业的集聚区和东北老工业基地振兴的先导区，始终坚持以科学发展观为指导，以"营造创新创业环境，集聚科技创新资源，提升自主创新能力，培育自主创新产业，辐射带动区域发展"为宗旨，逐年加大科技投入，设立了每年不低于2000万元的高新区科技发展资金，支持企业自主创新。

走进沈阳高新区，集聚在这里的我国自主创新排头兵企业会让人眼前一亮。东软集团是第一个入驻沈阳高新区的企业。

在高新区这片土地上，东软集团成长为中国民族软件业自主创新的一面旗帜。东软集团是中国最大的软件企业，是最大的离岸软件外包提供商，是第一家上市、第一家通过CMM5级认证的软件企业，企业拥有员工人数超过1.4万人。

在数字医疗领域，东软研制的CT机曾迫使国外同类产品降价20%至30%，产品远销20多个国家和地区，形成了与美国、德国公司产品三足鼎立的格局。

从推出第一台国产CT机开始，东软就一直注重跟踪国际前沿技术的发展，每年都把主营业务收入的 10% 投入到研发中，不断抢占技术制高点。

正电子发射断层扫描仪作为大型高端医疗设备，是当时能早期、有效发现癌变肿瘤、心脑血管疾患和神经性疾病的先进功能影像技术产品。

PET 与 CT 相结合可以充分发挥功能影像与解剖影像的互补优势、有效提高临床诊断的准确性，当时世界上只有美国能够独立生产该设备，进口一套这样的设备往往需要耗资 3000 多万元人民币。

通过引进、消化、吸收、再创新，东软集团开发出具有自主知识产权的 PET 产品。

从 2007 年开始，一队队中国的"AGV"机器人登上了远洋巨轮，开赴加拿大、美国、俄罗斯、希腊、墨西哥等国家，使"沈阳制造"再度声名远播。

这些成功抢滩外国市场的仓储物流自动化技术及装备，有一个响亮的名字叫"新松机器人"，是以"中国机器人之父"蒋新松院士的名字命名的。它是成立仅仅 8 年的沈阳新松公司的主导产品。

依托自主核心技术，在国内机器人技术起步晚、基础差的条件下，新松公司迅速创造了具有特色的技术创新体系和产品系列，在竞争日益激烈的中国机器人市场同强大的国外公司展开了竞争。

几年下来，中国机器人将外国机器人"驱逐出境"，新松公司也成为国内机器人市场的龙头企业。新松公司自主研发的移动机器人自动导引车，在国内市场占有率达到99%，在美国通用公司全球招标中胜出，开创了国产机器人出口的先河。

在沈阳高新区何止一个东软集团，又何止一个新松公司。东大自动化公司的集成创新，实现了一批工矿流程企业现代化，以四方自控公司、光正工业公司等为代表的科技型中小企业，对国内制药、燃气、油田等传统企业实现了嫁接式技术改造，创造了可观的经济效益。

沈阳高新区坚持做强主导产业，做优特色产业，同时有效整合各类资源，推动高新技术企业集聚，以高新技术产业专业化集聚实现资源高效循环利用。

沈阳高新区已形成电子信息、先进制造、先进材料、生物制药、新能源与环保五大主导产业，以及创意、IC装备、数字医疗、芯片设计及制造、科技服务业五大特色产业。

各类创新要素积极互动的自主创新生态体系在沈阳高新区日臻完善，"高新制造"逐步变为"高新创造"。

CT机、蓝天数控系统、半导体匀胶显影设备、工业机器人、生物疫苗、IC装备等一批具有自主知识产权、国际一流水平的重大产业化项目在这里诞生，其中有23项技术和产品达到国际先进水平，32项达到国内领先水平。

沈阳高新区已开发出高新技术产品4000余项，投入生产的产品近2000项。2007年，全区实现营业总收入

1083 亿元，工业总产值 901 亿元，拥有产值过百亿元企业 1 家、过亿元企业 85 家。

南京高新区推动自主创新

2008 年，南京高新技术产业开发区（简称为南京高新区）已经走过 20 年的发展历程，成为南京市支柱产业区。它先后成功搭建了国家级服务外包基地城市示范区等自主创新平台，因而园区的核心竞争力也得到了有效提升。

南京高新区经济总量在国家级高新区中位居前列，是江苏省南京市最具活力的经济增长点之一。通过 20 年的努力，南京高新区基本形成了创新和创业的良好环境。

科技成果孵化作为建设创新型科技园区的重要一环，始终是南京高新区工作的重点，通过对平台、模式、机制、服务等方面的探索与建设，南京高新区的科技创新孵化工作取得了一定成绩。

首先，通过加强产学研合作，园区构建了"三大"科技成果孵化重要基地。

1988 年 9 月，江苏省政府、南京市政府共同创建南京高新技术产业开发区。两年以后的 1991 年 3 月，南京高新区又被国务院批准为全国首批，也是江苏省首家国家级高新区。

南京高新区由产业区、金融贸易区、教学科研区等组成，在南京市繁华地段还开辟有 8 公里长的"科技一条街"。

建区以来，南京高新区一直坚持"发展高科技，实现产业化"的宗旨，并采取各种有力措施实现了快速飞跃发展。

为扶持南京高新区的发展，国家公布了一系列优惠政策，在南京高新区内兴办企业，企业可享受税收、进出口、人员出入境等多方面的优惠。

优惠的投资环境吸引了美国、日本、英国、德国、荷兰等国家的客商在南京高新区投资，其中有世界上知名的美国联信、荷兰阿克苏、德国西门子、美国可口可乐、荷兰特恩驰等跨国公司已在高新区内创办合资企业。

1998 年，南京高新区内的企业达到了 1000 余家，其中高新技术企业 157 家，占南京市高新技术企业总数的 76%。南京高新区成为南京地区高新技术最密集的地区，经济总量在全国 53 个国家级高新区中位居前五名，并荣获国家科技部授予的"火炬计划先进管理奖"。

南京高新开发区还先后荣获"建设新南京有功单位""南京市精神文明建设先进集体"等荣誉称号。

经过 10 多年的发展，到世纪之交，高新区已发展成为南京市三大支柱产业电子信息、生物工程和医药产业的基地，并且成为航空航天和新材料等产业的聚集地。

2006 年初，全国科技大会后，按照国家对高新区提出的"四位一体"的要求，南京高新区开展了以构建自主创新体系、增强核心竞争力为主题的二次创业。

围绕"开展二次创业、打造一流园区"的目标，南京高新区以"边补课，边突破，边发展，边整合"为基本思路，不断提高园区核心竞争力，打造国际知名、国内一流的创新型科技园区。

在正确思想的引导下，南京高新区制定了专项产业扶持资金管理办法与优惠政策，吸引越来越多的海外留学人员来到南京创业，孵化了一批高科技项目走向产业化，逐渐探索出一套独特的发展模式。

2007年初，南京高新区与南京工业大学联手搭建"三创"载体，其中"海内外领军人才计划"是"三创"载体建设的关键与核心，价值取向指向国际化高端产业，特别是服务外包产业，实现人才、资源、机制有机结合。

南京高新区和南京工业大学对海内外领军人才设定了优选标准，提供了优厚的"4+1"支持条件。

南京高新区首批有6名电子信息、生物医药和新材料领域的留学人员获得了领军人才资格，并在南京市高新区创办了研发公司。

随后，第二批领军人才申报选拔工作也陆续启动，南京高新区专门组织了一个工作小组前往欧、美、加等地进行宣传，40多位海内外人才参加了申报，项目领域涉及新材料、生物医药、先进制造、节能环保、电子信息等，与第一批领军人才相比，专业领域分布更广、技术水平层次更高。

南京高新区还通过发挥企业创新主体地位，加快科技成果孵化市场化进程。南京高新区集聚着一批具有自主知识产权的中小科技型企业，它们是园区自主创新的生力军。

南京焦点科技爱普太阳能热水器已成为国际知名品牌，当时公司正在研发光能制冷技术。这种制冷新能源的研发和利用，被专家称为"有可能给传统空调制冷方式带来一场革命"，市场潜力巨大。

南京高新区内的一批高科技企业都以拥有国家级专利技术和多项专有技术在园区进行产业化。在南京高新区的资金保障、服务体系的双重扶持下，各类自主创新项目都在有条不紊地展开。

为了给创造科技成果孵化提供优良环境，南京高新区加大了专项资金政策的扶持力度。

为加快科技成果孵化，促进产业化发展，南京高新区制定了专项产业扶持资金管理办法和优惠政策，每年投入 6000 万元的产业扶持资金，重点对重大科技项目、创意软件、留学人员创业、产业发展和知识产权保护进行扶持，保证了企业在园区生产经营和发展过程中得到充分的资金支持，企业中高级人才得到实质性的尊重和奖励。

在知识产权保护方面，南京高新区先后出台了《南京高新区软件产业发展专项资金管理办法》《南京高新区专利专项资金管理暂行办法》等政策，为区内企业国内外专利申请费用补助，以及对获得国家专利奖项的企业予以奖励。

南京高新区决心继续围绕全国科技大会"自主创新、重点跨越、支撑发展、引领未来"的指导方针，以建设创新型科技园区为目标，进一步完善自主创新体系，促进科技成果孵化，提高园区核心竞争力。为了得到真正落实，南京高新区已经采取了一系列具体的措施。

呼应沿江大开发、做大做强高新区，南京高新区加快了新区泰山园区的建设。泰山园区位于南京高新区建成区的南侧，紧邻南京长江大桥，规划面积 8.18 平方公里。

根据规划，以建设国内一流的高新技术产业化和研发基地为目标，争取用 5 至 10 年的时间，把南京高新区发展到 50 平方公里的规模。

一座科技新城随着南京江北新市区的崛起而崛起，南京高新区也与海内外科技精英和有识之士携手发展，共享自然之美，同创事业辉煌！

杭州高新区飞速发展

2009 年，杭州国家高新技术产业开发区（简称为杭州高新区）有 6 家企业冲刺首批创业板，另有约 20 家企业纳入上市后备资源库。

创业板又称为"二板市场"，即第二股票交易市场，是指主板之外的专为暂时无法上市的中小企业和新兴公司提供融资途径和成长空间的证券交易市场，是对主板市场的有效补充，在资本市场中占据着重要的位置。

杭州高新区是浙江省最有影响的科技创新基地和高新技术产业基地，是最具活力的经济增长区域。其中，软件产业基地、集成电路设计产业化基地、留学人员创业园、动画产业基地、电子信息产业基地等先后成为国家级产业基地。

为鼓励企业利用资本市场上市融资，杭州高新区出台的《关于鼓励创新创业促进产业发展的若干意见》明确，对新上市企业给予一次性 50 万至 200 万的奖励。

杭州高新区是上市公司的集聚区，拥有恒生电子、信雅达等 17 家上市企业，占全市总数的 27%，该区全力打造了上市公司"杭州高新板块"。

杭州高新区由无到有，由弱到强，走过了一段漫长的过程。

提高东部水平

1990 年 3 月，杭州高新区初建；1991 年 3 月经国务院批准为国家级高新区，并一直是浙江省唯一的国家级高新技术产业开发区。

"最早的开发区只有文三路那一小片"，身兼数职的杭州高新区发展改革与经济局、科技局局长严明潮回忆道，"1990 年市里从当时的西湖区辟出 11.4 平方公里的土地，规划成立了今天的高新技术开发区"。

后来的文二路、文三路一带就是杭州高新区最初的核心圈，而杭州高新区最早的办公室也设在了文三路199 号。

从文三路向南大约 5 公里，不过七八分钟的车程就到了风景秀丽的西湖，周边还有包括浙江大学在内的 10 余所国内知名高校，依托高校科研发展高新技术产业是杭州市最初的想法。

后来，随着改革开放迅猛发展，夹在西湖区里的高新区和各企业也逐渐感觉日益局促的发展空间带来了诸多不便。

1996 年 12 月，滨江区经国务院批准设立。"杭州的中心正在从西湖慢慢走向钱塘江"，严明潮指着钱塘江北正在建设中的钱江新城说，"对面就是两年后杭州新的市中心，与高新区就隔江而望"。

杭州高新区的发展离不开杭州发展的大环境，经济的发展和人口的不断增长迫使杭州制定了"保老城，建新城"的新思路，并同时开始实施"城市东扩、旅游西进、沿江开发、跨江发展"的战略。

　　同时，为了更好地开发旅游资源，2002 年，杭州市决定拆除西湖的外墙，西湖风景区成为国内唯一一个不收门票的国家 5A 级风景区。

　　也是在这一年 6 月，杭州市委、市政府作出了另外一个决定，将高新区和 1996 年新成立的滨江区正式合并，实行两块牌子、一套班子、全交叉兼职，既按照开发区模式运作，又行使地方党委、政府职能。

　　管理体制调整后，杭州高新区（滨江）总规划面积 85.64 平方公里，其中江（钱塘江）北区块 11.4 平方公里，毗邻众多高等院校和科研单位，是高新技术的创新源和中小科技企业的孵化器。

　　江南区块 73 平方公里，沿钱塘江而建，与西湖隔江相望。全区人口 23 万。

　　由此，杭州既完成了对原有旅游产业的开发，又做足了对未来经济发展的储备。

　　2003 年，杭州高新区被评为"先进国家高新技术产业开发区"。2006 年，在举国共庆全国科技大会胜利召开的时刻，杭州高新区迎来了第十五个生日。

　　作为浙江省唯一的一个国家级高新技术产业开发区，杭州高新区在成长的 15 年中，得到了浙江省市领导及各界人士的高度关注和大力支持。杭州高新区的身后有 4700 万"敢为天下先"的浙江人民，杭州高新区没有理由不奋发向上。

在 15 年的时间里，杭州高新区先后创建了国家级软件产业基地平台，创建了国家级集成电路设计产业化基地平台，创建了国家级动画产业基地平台，创建了国家级通信产业园平台，之后还要创建先进制造业平台、节能环保平台。

杭州高新区 15 年的成长历程，是与浙江省中小企业一同创新创业的历程，是与民族工业一同从弱小走向强盛的历程，脚步坚定，从不回头。

当阿里巴巴、中华网络提出电子商务新创意的时候，杭州高新区支持了他们。

当 UT 斯达康、杭州斯达康决心用自己的技术让中低层收入人群也能享受移动通信带来的便利的时候，杭州高新区支持了他们。

当深圳华为、中兴通讯决心开辟用自己的技术换国外市场之路的时候，杭州高新区同样支持了他们……

政府的关心和国家级高新区的特殊优惠政策，让这些代表民族工业的自主创新企业如鱼得水，一路壮大。

仅仅 15 年，杭州发生了有目共睹的变化。将经济建设与科技发展紧密结合起来，杭州高新区走在了前列。潘云鹤院士与浙大网新，孙优贤院士与浙大中控，阙端麟院士与浙大海纳，毛江森院士与普康生物和全国药品检验中心……都是高新区的佼佼者。

杭州高新区的快速发展，在于大力支持企业创新。"你创业我支持，你发财我高兴，你失败我同情"，在这一显示政府与企业关系的流行语中，"失败"在杭州国家高新区已被赋予新的内容，面对充满风险的高新技术产业，杭州高新区的态度是："鼓励创新，宽容失败！"

杭州高新区管委会主任张耕说："高新区经济高速发展，靠的是以自主创新为特色的高新企业。创新时时面临失败。我们区每年新增的高新企业成功的有 100 个左右，失败的也有 100 个左右。"

杭州高新区科技局局长严明潮说："其实，国际上高新企业的成功率为 20% 左右。"

杭州高新区的迅速崛起得益于对高新技术的重视，该区致力于营造"崇尚创新、追求卓越、鼓励尝试、宽容失败"的创新创业环境，特别是在干部中倡导宽容失败的意识。

宽容失败是为了避免失败。杭州高新区采取一系列措施，把创新中的失败降到最低限度。

发达国家的经验表明，孵化器是降低高新技术失败概率的好方法。杭州高新区设立孵化器 9 家，孵化面积 211 万平方米，在孵企业 600 余家，孵化成活率达到 80% 到 85%。

高新技术常常在关键时刻为资金所困，而"天使基金"，即种子基金，常常能起到起死回生的作用。杭州高新区的各类种子基金每年约有 1.7 亿元，每年约有 300 家企业得到扶持。

一家只有 9 名员工、10 万元注册资金的科技企业，携国内首创的"嵌入式指纹识别模块"技术进入杭州高新区进行孵化。企业在 3 年中经历了一次次挫折，当资金耗尽、濒临绝境时，高新区管委会不是给予廉价的同情，而是以宽容的态度，为其提供 20 万元种子基金，终于使其起死回生。对此，总经理李健感激不尽。后来该公司成了中国知名的指纹生物认证企业。

"头脑加电脑"，这是软件企业初创时的特征。杭州荣腾软件技术有限公司于 2001 年进入杭州高新区科技创业服务中心孵化时，公司注册资金仅 10 万元，孵化中一再遭遇失败，几度陷入困境。是种子基金助其成功开发出"网核防火墙"和"网核 VAP"两个网络安全产品，后"网核防火墙"项目被列入浙江省重点软件产业化项目。

高新技术风险大，企业贷款难。为解决这一难题，高新区管委会与企业联手组建杭州高新投资担保公司，为高新企业提供担保。

杭州飞时达软件有限公司总经理陈高波说，他们坚持多年开发出了三大系列共 10 多项自主版权的软件产品。中标的一家设计院全面进行信息化软件开发，但所需 100 万元资金难以解决，是担保公司的援手解决了贷款的难题。

据严明潮介绍，杭州高新投资担保公司已累计担保业务 400 多笔，担保额度已达 15.4 亿元。

宽容失败就要有资本，创新型国家的重要标志是科研经费占国内生产总值的 20%。杭州高新区的科研经费投入比例在国内算得上惊人，2006 年全区共投入科研经费 28.8 亿元，占国内生产总值的 16.8%，为浙江省第一。

政府在企业自主创新中宽容失败，并施以援手，使许多高新企业反败为胜。中正公司如此，正华电子如此。正华电子于 2003 年以 50 万元起家，至 2006 年产值已达 1.7 亿元。

鼓励创新，宽容失败的氛围使高新技术和高层次人才向高新区集聚。该区已集聚了杭州市 70%、浙江省 25% 的高新技术企业，企业总数达 5000 余家，其中 3600 家为高新技术企业。

张耕说："创新充满风险，常会遭遇失败。创新中的失败对社会来说却是财富。所以，既鼓励成功，也宽容失败。在这种文化氛围中，人人都乐于创新，人人都勇于进取，这就是杭州高新区高新企业高速发展的原动力。"

福州高新区与台资共谋发展

为落实国务院关于支持福建省加快建设海峡西岸经济区的意见，2009 年 5 月，国家高新技术产业开发区福州高新技术产业开发区开始大规模扩容。

与大陆许多开发区、工业区、高新产业园有所不同，福州高新产业基地不再是先筑好了巢才向业内招商引凤，而是与台湾高新技术园区共建平台、共同招商、共同推进。

福州市委常委、常务副市长、福州高新区管委会主任梁建勇说："我们还可以在更新的领域探讨更深入地合作，共建高新产业基地，甚至可以和台湾内湖科技园区共同管理。"

由独自发展到与台共建，福州高新区走向了新的历史起点，迎来了新一轮的发展机遇。

福州市科技园区成立于 1991 年，由国务院亲自批准建设，首期规划面积为 5.5 平方公里，实行"一区多园"的管理模式，马尾、洪山、仓山和台西科技园分别坐落于历史文化名城福州市的马尾、鼓楼、仓山和台江行政区。

随着软件产业的发展，20 世纪 90 年代末，经国家科技部批准，设立了国家火炬计划产业基地福州软件园和大学科技园——福州高校科技孵化园。

2001 年，福州软件产业基地内，成立了"福州市研究生培训服务工作总站"，和清华、北大、北邮等高校联手培养了一大批软件高级人才。

为加快发展高新技术产业，福州市委、市政府先后制定、颁布了《福州市人民政府关于印发"福州市引进高层次人才若干规定"的通知》《福州市人民政府关于颁发"福州市鼓励留学人员来榕工作的若干规定"的通知》等一系列优惠政策，从而有力地扶持了福州市高新技术产业的发展。

福州市科技园区成立后，先后投入 20 多亿元资金进行水、电、路、气、环保、通信等基础设施配套建设，兴建了 50 多万平方米标准厂房。

福州市科技园区发挥国家高新技术产业开发区的孵化功能，通过良好服务、资金扶持，孵化出一批诸如梅生、新大陆、创识、华融、金山药业、宏智集团等在电子信息、生物医药、新材料，以及在环保和软件产业高新技术领域中，具有自主知识产权的高新技术企业。

福州市科技园区还以良好的软、硬投资环境吸引了 LG 集团、日本 NEG 公司、爱普生公司等世界著名的跨国公司前来投资办厂，形成了电子信息占 70%、光机电一体化占 8%、生物工程占 12%、新材料占 10% 的高新技术产业群体，初步形成了具有地方优势和特色的支柱产业。

福州市科技园区创建后，兴办了科技企业 300 余家，认定高新技术企业 101 家，其中，高新技术产品产值超 10 亿元的企业 2 家，超亿元的 16 家，5000 万元以上的 27 家。

在园区创业的 2.8 万多人员中，大专以上学历的占将近 9000 人，科技和研发人员占将近 4000 人，开发出新产品 600 多项。2002 年，园区实现高新技术产品产值 178 亿元，为创建初期 9000 万元的 180 多倍。

随着经济总量持续增长、经济质量不断提高，福州市科技园区逐渐发展成为福州市经济发展新的增长点，为壮大福州市经济总量、提高经济质量作出了贡献。

福州市科技园区地域优越、交通便利、环境优美，成为企业前来投资办厂、科技人员前往创业的一方乐土。

历史进入 2008 年，福州高新区开始了新的发展。这一年，福州市委、市政府决定，对本市原有的马尾、洪山、仓山、台西 4 个科技园进行资源整合，在闽侯南屿、南通地域，设立规划面积达 68 平方公里的福州高新产业基地。

福州市计划以此作为两岸高新产业合作平台，进一步密切与台湾新竹、台北内湖等科技园区的产业对接与合作，以"海西先行先试"的大胆思维，建设海西两岸科技创新和高新产业对接与合作"先行区"。

2008 年 11 月，福州市委副市长梁建勇率团考察了台北内湖科技园区，诚邀台北内湖科技园区来福州共建高新产业基地。

2009 年 1 月，台北内湖科技园区发展协会理事长鲍惠明回访福州高新区，双方签订了福州高新区和台北内湖科技园区交流合作协议，并就聘请高级顾问、建立互动机制、设立联络窗口、加强产业合作、促进企业和科技人员交流合作、加强服务贸易合作等问题达成共识。福州市政府聘请鲍惠明出任福州高新产业园区顾问，参与规划福州高新区产业基地。

2009 年中国·海峡创新项目成果交易会前，福州完成了"福州市高新区总体规划项目"中的产业规划。按照该规划，闽侯上街—南屿—南通地域，将崛起一座面积为 68 平方公里的生态科学城，这里将打造成海峡西岸经济区"电子信息＋先进制造业＋研发创意"基地，希望能为承接台湾产业转移、实现两岸经济融合做准备。

在榕、台两地的共同推进下，两岸高新技术企业在这个平台上实现了第一次对接。在 2009 年 5 月举行的"海交会"上，作为福州重点招商项目的福州市高新产业基地，引起了众多海内外客商的高度关注。

据不完全统计，2009 年"海交会"期间，福州市高新区产业基地完成协议签订项目 6 项，累计总投资1.5495 亿美元，利用外资 5510 万美元。其中，仅与金信达环保设备制造公司签约的一个项目，总投资就达到6780 万美元，利用外资 3380 万美元。

在 2009 年 6 月第七届中国·海峡创新项目成果交易

会上，大陆众多名校带着科研成果来榕寻找合作，台湾一批工商业闻讯后也纷纷跨海前来，商谈在福州高新区产业基地合作兴业。

2009年6月18日下午，台北内湖科技园区与福州高新区举行座谈会，与会的两岸高新技术企业为两岸产业进一步寻求对接出谋划策。

福州金思达公司是做垃圾发电设备的，所用的是欧洲技术，该公司老总委托内湖科技园区帮助邀请台湾企业和科研人员加盟。

在短短的一个下午，与会的近30家两岸企业商谈踊跃，不少人都有了与对方合作，在福州高新产业基地开创共同大业的初步打算。

到2009年，"海西战略"已上升为国家战略。2009年发布的《国务院支持福建省加快建设海峡西岸经济区的若干意见》，对福州来说是一个大机遇。

济南高新区建设软件园

2008 年，金融危机来势汹汹，可它挡不住中国高新产业前进的步伐。

初春时节，济南高新技术产业开发区（简称为济南高新区）春意盎然，翠柳吐芽，131 平方公里的土地上，处处涌动着攻坚克难、加快发展的热潮。

中车工业园、青年汽车、重汽工业园等一批大工业项目正在紧张建设；北车集团风力发电装备基地等一批新能源项目即将开工上马；齐鲁软件园服务外包产业不畏"严寒"，增势骄人，当年前两个月通关出口额同比增长 128%。

济南高新区党工委书记、管委会主任苏树伟胸有成竹地说："作为全市经济发展窗口和对外开放前沿，高新区面临的优势大于困难，动力大于压力，机遇大于挑战。"

1991 年 3 月，国务院批准成立了第一批国家级高新区，济南高新区名列其中。当高新区管委会的办公楼火炬大厦在二环东路附近奠基时，这里可以说还是一块荒凉之地。

经过逐步发展，济南高新区成为济南市对外开放的窗口和重要的高新技术产业基地。

济南高新区位于济南市区东部，包括总部经济中心区、出口加工区、东部新区三部分。

这里环境优美，交通便利，基础设施完善。济南市交通主干道经十路、工业南路、世纪大道穿区而过，西邻济南奥林匹克中心和山东省政务中心，东接章丘龙山文化发源地，南面是葱翠山峦，北面距济青高速公路和济南国际机场仅需 15 分钟车程。

区内基础设施完善，建设了现代化的实验学校、幼儿园、居住小区，成立了行政审批服务中心，建立了投资、金融、人才交流、会展、保险、法律、公证等支撑服务体系，实行规范化"一站式"办公。

济南高新区规划建设了齐鲁软件园、创业服务中心、留学人员创业园、大学科技园、出口加工区、生物医药园、环保科技园和齐鲁机电园 8 个国家级专业产业园区。

区内拥有各类企业 3000 多家、高新技术企业 200 多家，其中，产值过亿元的有 41 家，浪潮集团、力诺集团、小鸭斯威特、齐鲁制药、山大科技产业园先后在高新区发展壮大。

济南高新区直接从事高新技术产业的有 6 万人，硕士、博士 1500 多人，累计承担国家火炬计划项目 100 多项、省部级火炬计划项目 300 多项。

2001 年 12 月，张高丽就任山东省省长，第一站就去了济南高新区。在国家软件产业基地齐鲁软件园，他说："这块金字招牌是个宝，我在深圳工作时才知道深圳费了好大劲儿都没有争上。"对高新区的工作，他表示满意；对齐鲁软件园的发展，他寄予了厚望。

齐鲁软件园于 1997 年就被科技部批准为首批国家火炬计划软件产业基地；2001 年，在与国内 50 家软件园激烈竞争中脱颖而出，又被国家计委和信息产业部认定为首批"十大国家软件产业基地"之一。

济南高新区八大园区可谓各有特色。其中，齐鲁软件园规划 6.5 平方公里，是我国最大的软件产业基地，建设规划优、政策力度强、服务功能全，有力地促进了软件产业的发展。园区现有 127 家企业，软件产品 400 余种，从业人员 6000 人，已成为华东地区重要的软件产业基地，目标是建成中国的"班加罗尔"。

济南高新技术创业服务中心作为国家级孵化器，致力于营造适合中小型科技企业创新发展的环境，孵化面积已达近 20 万平方米，堪称国内最大。

20 世纪末，济南高新区存在着两大难题，即区划不落实，市级管理权限不到位，这两大难题成为两条不可逾越的天堑，困扰着高新区的发展。

济南高新区领导抓住这两大突出问题，强化措施，加大力度，实施了重点突破，先后组织人员赴 10 个省内外的高新区考察调研，在学习借鉴兄弟高新区成功经验的基础上，拿出了很有说服力的调研报告，引起了济南市委、市政府领导的高度重视。

2001 年 5 月 14 日，济南市委、市政府将历下区姚家镇的贤文、牛旺、徐家、草山岭和历城区港沟镇的北胡村等5个村委托济南高新区管委会代管。

这是济南高新区落实区划的第一步。此后几经调整，特别是2005年11月，济南市委、市政府下决心把孙村镇和大正示范区整建制划归高新区代管，更是给高新区的发展奠定了雄厚基础。后来，济南高新区辖区总面积已达109平方公里。

2001年11月11日，济南市委、市政府下发文件，决定赋予济南高新区市级管理权限。

2003年8月8日，济南市委、市政府举行高新区行使市级管理权限交接仪式，高新区正式被赋予市级管理权限。市里确定，济南高新区实行特区特管、特事特办。

管理权限的逐步到位，解决了长期困扰济南高新区的征地难、施工难、资金紧张等一系列矛盾，对于济南高新区简化办事程序、提高工作效率和服务质量、优化高新区环境，发挥了十分重要的作用。

落实了市级管理权限和区划，济南高新区如虎添翼，走向跨越式发展的金光大道。很快，20多平方公里的济南高新区中心区高楼林立，项目密集。

为了解决保持农村稳定和建设大量用地的矛盾，济南高新区学习外地经验，制定了土地作价入股及20年还本的政策，并取得良好效果。

济南高新区和全国其他高新区站到了同条起跑线上，竞争力增强了；进区项目规划、定点、办事各种手续都加快了速度，也方便多了；生产秩序、建设程序、治安秩序逐步好转，为入驻企业和高新区发展创造了良好的环境和有利条件。

除了管理，济南高新区还十分注重创新服务。济南市长助理、高新区党工委书记、管委会主任孙晓刚是2004年11月19日走马上任的。

上任之后，孙晓刚念念不忘的就是创新和服务。济南高新区管委会实施"小政府、大社会""小机构、大服务"的管理思想，实行一条龙服务、一站式管理，做到机构精简、人员精干，大大提高了办事效率。

据孙晓刚介绍，济南高新区管委会16个部门中有2个是专门为企业服务而设立的，这就是招商局和投资服务局。他时常向广大干部强调，不管你是什么局长、处长，在高新区唯一的权力就是给企业服好务，市里下放市级管理权限也都是为了更好地为企业服务。

济南高新区先后出台了《高新技术企业优惠政策》《外商投资企业优惠政策》《扶持重点企业办法》等一系列措施，涉及范围从最初的以税收优惠为主扩展到包括人才引进、融资、研究开发等高科技产业发展的各个环节，并建立了新型的劳动、人事、工资和社会保障制度。

经过不懈努力，济南高新区取得丰硕成果，进入2009年，开始了二次创业，准备走向再一次的辉煌……

提高东部水平

威海高新区坚持科学发展

2008 年 1 月 10 日,山东省科技工作会议召开。作为先进典型之一,威海火炬高技术产业开发区(简称为威海高新区)在会上进行了经验交流。

数字最有说服力。2007 年,威海高新区的高新技术产业产值达到 183 亿元,同比增长 21%。截至 2007 年年底,威海高新区的高新技术企业占到全市的 60%,高新技术产品占到全市的 67%,高新技术产品出口占到全市的 70%,专利拥有量占到全市的 30%……

高昂自主创新龙头,坚持科学发展,提升科技产业层次和规模,威海高新区处处洋溢着创新创业的激情。

威海高新区成立于 1991 年 3 月,是经国务院批准,由国家科技部与山东省政府、威海市政府共同创办的国家级高新区,是全国 3 个火炬开发区之一。

威海高新区兴办以后,始终秉承"发展高科技,实现产业化"的宗旨,努力实践以创新驱动发展的内生增长模式和"四位一体"发展战略。

威海高新区在 2000 年被国家外经贸部、科技部确定为全国首批"国家高技术产品出口基地"之一,2001 年通过了 ISO14001 环境管理体系认证,2002 年被国家环保总局和科技部认定为 ISO14000 国家示范区,2003 年被国家商务部、科技部、税务总局等八部局授予"全国科技兴贸先进单位"，2004年被山东省知识产权局授予"山东省专利园区"，2006年被国家知识产权局认定为"国家知识产权试点园区"。

建区以后，威海高新区的各项主要经济指标年均递增速度保持在30%以上，累计引进外资项目500多项。世界500强内的多家国际知名企业，相继在这里落户。

百年名校山东大学和哈尔滨工业大学落户威海高新区内，吸纳国内众多名牌大学的大学城也建于区内。17家科研机构和19所高等院校在区内建立了研发机构，120多项国家级科技成果在这里转化为产业优势。威海高新区内还建立了海外留学人员创业园、博士后科研工作站。

威海高新区形成了电子信息、光机电一体化、生物医疗和医疗器械、新材料及其制品四大高新技术产业群体，拥有高新技术产品200余种。

威海高新区内交通四通八达，距国际港口4公里，距火车站10公里，距国际机场40公里；现代化的厂房和新颖别致的写字楼鳞次栉比；水、电、路、暖、通讯、电子商务、学校、娱乐场所、医疗机构等基础设施一应俱全。

威海高新区投资环境良好；地理位置优越，地处山东半岛最东端，三面环海，东与朝鲜半岛、日本列岛隔海相望，北与辽东半岛相对，西与烟台接壤。

威海高新区依山傍海，风景秀丽，气候宜人，46.5公里长的海岸线蜿蜒曲折，万亩松林环绕海岸线连绵铺展，全区绿化覆盖面积达41%，四大国际海水浴场镶嵌其中，旅游资源非常丰富，拥有一流的生产生活和休闲条件，被誉为最佳创业和居住的地方。

区内政策法规体系完善，各类社会中介服务机构完备，内部管理体制健全，建立了电子政务系统，设立了"一站式"服务大厅，坚持"只要你来干，手续我来办"的服务宗旨，强化"企业创造财富，政府营造环境"和"院内的事企业干，院外的事政府办"的理念，为投资者提供优质服务。

为了拓展威海高新区发展空间，2003年威海市政府将初村镇划归高新区，建设科技新城。

5年中，威海高新区按照"高起点规划、高强度投入、高标准建设"的要求，加快人才、资金、技术聚集，打造优势产业密集区。

截至2009年，威海高新区累计完成基础设施投资6亿多元，配套设施建设不断完善，项目承载能力不断增强，已有13个项目入驻。

以三星数码打印机有限公司为代表的电子信息，以威高集团为代表的生物医药和医疗器械，以华东数控有限公司为代表的光机电一体化，以拓展纤维有限公司为代表的新材料等四大优势高新技术产业规模不断扩大。

拥有三星集团、威高集团、光威集团、金猴集团、华东数控、北洋集团、新北洋集团、双丰电子、卡尔电气、三盾焊材等一大批高新技术企业和高新技术产品。

威海高新区拥有威高股份、华东数控两家上市公司；拥有内现有中国名牌 5 个，省名牌 20 个，驰名商标 2 个，省级著名商标 10 个。

威海高新区有大专以上学历的从业人员 7000 多人、硕士 800 多人、博士 150 多人。20 多位院士在区内企业从事研发工作。

威海高新区先后与清华大学、山东大学、哈尔滨工业大学等高等院校建立了全面合作关系，区内 80% 以上的企业与国内外高等院校、科研院所开展了不同形式的合作关系。

威海高新区内规模以上企业建立各类研发机构 80 多家，其中省级以上企业研发中心 13 家，国家级企业技术开发中心 1 家。

"中国专利山东明星企业"拥有量占全市的 35%，专利拥有量占全市的 30%。孵化器面积达 17 万平方米。创业中心被国家科技部认定为国家级创业中心，并引进清华大学科技园参与共建威海火炬创新创业基地。威海高新区与韩国庆北大学共同创办了"威海—庆北大学中韩科技企业创业中心"。

截至 2009 年，威海高新区入驻企业近 300 家，有 30 家达到毕业标准，20 家在区内征地建厂或购置厂房，实行产业化生产；设立了种子基金，合作成立了威海创新投资公司，引进了天衡担保公司，缓解中小型科技企业融资难的问题。

2007年，全区研发投入占生产总值的比重达到2.7%；同时，加强了科技中介服务体系建设，建设各类公共技术服务平台，为各类企业提供全方位、宽领域、多功能的科技创新服务。全区累计实施火炬、星火和科研计划项目近500项，国家"863"计划项目15项。

全区累计批准进区外资项目605项，合同外资额17.8亿美元，实际利用外资12.6亿美元；累计完成进出口总额161.8亿美元，其中出口111亿美元，年均递增42%，与107个国家和地区建立了经贸关系，先后引进多家世界500强跨国公司。高新技术产品出口占全市的70%，威海高新区被国家科技部和外经贸部认定为全国首批16个"高新技术产品出口基地"之一。

区内商贸设施完善，生产、生活条件良好，拥有金海湾酒店、海悦建国饭店两家五星级饭店和10余家星级酒店，利群商场、威韩商贸城、家家悦超市连锁店、大屋建材商场、海悦国际购物中心、自由东方等数十家商贸企业。

区内有火炬东方、联桥大厦、金城大厦、翠竹园、昌鸿广场、旅游开发大厦、国际海景城假日酒店等商业项目。"威海西部商务区"的建设框架逐步拉开。

国际海水浴场、金海滩、赛特游泳馆、小石岛钓鱼公园、北海浴场等旅游景点，年接待游客达200多万人次。国际海水浴场被国家海洋局列入 10 个定期监测海水质量的重点海水浴场之一。

科技型中小企业、高新技术企业是创新和发展的生力军。威海高新区把加快骨干企业膨胀扩张，大力培植特色产业作为根本，着力打造三支生力军：

一是打造龙头骨干企业生力军。高新技术骨干企业是威海高新区经济发展的生命线。威海高新区将 2008 年确定为"自主创新年"和"项目推进年"，把大项目的建设、膨胀作为主攻方向，制定了《关于做大做强骨干企业奖励办法》等系列政策，以优势特色产业链为基础，积极打造几大产业集群。

二是培植发展潜力较大企业生力军。要建设创新型科技园区，就必须大力扶持具有发展潜力的项目和企业。威海高新区把解决企业资金瓶颈作为服务突破口，一方面，提高区级财政对科技创新的投入比例；另一方面，充分利用好上级扶持政策。

三是抓好落地项目建设生力军。继总投资 8000 万美元的单晶硅项目落户威海高新区之后，2008 年 3 月，居亚洲领先水平的高科技海上测风塔在威海高新区北部海域落成并开始测风，百万千瓦级海上风电场项目建设拉开帷幕。

广州高新区发展创新型产业

2009年8月25日，广州高新区举行国家"创新型科技园区"揭牌仪式。广东省委副书记、省长黄华华，省委常委、广州市委书记朱小丹，共同为广州高新区国家"创新型科技园区"揭牌。

建设创新型科技园区，是科技部落实党中央、国务院建设创新型国家和实现自主创新战略目标而作出的重要战略部署。

2007年8月，中国科技部宣布启动"建设创新型科技园区"工作，拟在全国54个国家级高新区中选择10个为试点园区，给予重点扶持。

2009年春，科技部批复同意广州高新区、天津滨海高新区、郑州高新区、苏州高新区建设创新型科技园区方案，这4家高新区由此成为首批启动并开展创新型园区建设工作的高新区。

广州高新区已经建成全国八大产业基地和示范园区，还是中共中央组织部认定的海外高层次人才创新创业基地。

广州市委常委、广州开发区管委会主任薛晓峰说，今后一段时期，广州高新区将围绕《广州高新技术产业开发区创新型科技园区建设方案》进行建设，并按照

《广州高新区创新型科技园区考核管理办法》做好考核工作，紧抓国家科技部对创新型园区建设工作所给予的政策，争取国家、省的更大支持，进一步完善广州高新区的科技创新体系，加速建设创新型科技园区，迈向国际一流科技园区的进程。

广州高新技术产业开发区，是1991年3月经国务院批准成立的首批国家级高新区之一，地处广州市东部。

为加速广州高新技术产业的发展，1997年广州市政府对高新区管理体制进行了调整，形成由广州科学城、天河科技园、黄花岗科技园和民营科技园组成的"一区多园"的新格局。

1998年下半年，经市委、市政府研究决定，报请国家科技部同意，广州经济技术开发区与广州高新区合署办公。

广州经济技术开发区与广州高新区合署办公，是区域经济资源共享、优势互补、联动发展模式的创新，是实现新的经济增长点与经济发展制高点有机、统一的机制创新，是推进市场经济条件下政府促进经济发展的体制创新。

广州经济技术开发区具有建区早、基础设施好、经济实力强、体制健全、运作高效、开发建设和招商引资经验丰富等特点。

广州高新区地处广州中心城市组团与东南部组团的交汇处，知识密集、人才荟萃，为高新技术企业的发展提供了良好的技术人才依托。

1998 年，广州高新区首倡并承办了第一届中国留学人员广州科技交流会，此后该交流会在每年的 12 月 28 日到 30 日如期举办。

一大批留学人员通过留学人员科技交流会走上回国创业之路，一批项目与国内机构达成合作，实现了成果转化和产业化，取得了良好的经济和社会效益。

广州高新区通过"智力广交会"这一平台，引进了大批国内急需的高科技人才，10 年来仅广州科学城已引进留学人员约 700 名、留学人员企业约 400 家，有的归国留学人员已成为园区内原创性自主研发队伍中的生力军。

到 2003 年底，全区累计合同利用外资 121.835 5 亿美元，世界 500 强跨国公司有 83 家落户，成为广州市吸引外资、发展现代工业和高新技术产业、开展对外贸易的主要基地、重要的经济增长点，主要经济指标在全国开发区中始终名列前茅。

广州开发区实行独具特色的"四区合一"的管理模式，拥有中国对外开放完整的、系统的、丰富的优惠政策体系，可供外商选择的投资领域最宽、政策空间最大，非常有利于产品加工链条长、产业关联强、辐射带动效应大的产业发展，可以充分满足和适应各类投资者的个性化、多元化需求，同时具备硬环境一流、充分与国际惯例接轨的专业化优质服务体系。

广州开发区的理念是：

一切为了投资者，一切为了企业。用最好的服务，最佳的环境，让投资者获得最大的回报。

2005 年 6 月，经国务院重新审核，广州高新区面积被确定为 37.34 平方公里，其中广州科学城 20.24 平方公里、天河科技园 12.4 平方公里、黄花岗科技园 1.5 平方公里、民营科技园 0.7 平方公里、南沙资讯园 2.5 平方公里。

此外，广州国际生物岛是经国家发展和改革委员会（简称为国家发改委）批准的广州生物产业基地的核心基地，面积 1.82 平方公里，由广州市政府委托广州高新区管委会开发、建设与管理。广州高新区计划向国家科技部申请扩区，将生物岛纳入广州高新区规划范围之内。

经过 16 年的建设和发展，广州高新区紧紧围绕国家高新区"十一五"规划明确的高新区"四位一体"的目标定位，抓住机遇，精心运作，积极发展，取得了突出的成绩。

广州高新区的基础设施和配套设施日臻完善，高新技术产业发展势头良好，自主创新能力显著增强，经济保持了持续、快速发展的态势，已成为科技创新和高新技术产业发展的重要基地。

在全国 53 个国家级高新区中，广州高新区的主要经济指标排名不断提前，2003 年，经济发展水平跃升至第四位，技术创新能力进入前八名，被科技部评为全国高新区先进单位；2004 年，被国家科技部授予"国家电子信息产业基地"的牌子；2005 年，被国家知识产权局授予"国家知识产权试点园区"的牌子；2006 年，广州科学城被国家发改委认定为广州国家生物产业基地的核心区；2008 年，广州高新区环保新材料产业基地，被科技部火炬中心认定为国家火炬计划产业基地。

广州高新区初步形成了电子信息、生物、新材料、先进制造、新能源与节能环保、知识密集型服务业六大主导创新产业集群，高新技术产业集聚效应和集群发展的态势日渐明显，涌现了一批具有自主知识产权、技术水平处于国内领先或国际领先水平的高科技企业。

园区功能与空间布局形态互补，集约用地成效显著，环境友好、和谐发展的创新型园区初步显现。

广州高新区始终坚持走集约化的发展道路，不断提高引进项目的质量，节约集约利用土地，提高了土地投入产出效益。

2007 年，广州高新区园区单位面积营业总收入及工业总产值分别为每平方公里 81.3 亿元和每平方公里 60.7 亿元，经济效益居全国高新区的先进水平。

广州高新区以建设世界一流科技园区为目标，进一步完善开放型创新体系，着力提高自主创新能力，大力促进高新技术成果产业化，力争成为珠三角的经济增长极和创新动力源。

由广州科学城、天河科技园、黄花岗科技园、民营科技园、南沙资讯园、广州国际生物岛组成的广州高新区，正加紧和全国 54 个国家级高新区竞争申报"国家创新型科技园区"。

广州市政府专门就创新型科技园区建设出台了相关配套实施意见。这表明广州高新区建设创新型科技园区已从政策体系上纳入了广州建设创新型城市战略的统一部署，成为广州推进自主创新、加快发展高新技术产业的一项重大举措。

中山高新区实现和谐发展

2008 年，中山火炬高新技术产业开发区（简称为中山高新区）已成为珠三角西翼重要的高新技术产业基地和科技创新基地，形成了一定的产业经济规模。

中山高新区初步建成国家健康科技产业基地等 6 个国家级特色产业基地，形成了电子信息、健康医药、现代包装印刷、精细化工、汽车配件等五大主题产业。

在近 20 年的时间里，中山高新区从无到有，从弱到强，走出了一条自主创新的发展之路。

20 世纪 90 年代初，广东几乎是中国最具改革开放活力的地方，珠江三角洲也是广东上演改革开放所有精彩剧目的舞台。广州、深圳、佛山、中山几乎在同一时间里，都挂起了由国务院批准的"国家高新技术园区"的牌子。

中山高新区于 1990 年 3 月由国家科学技术委员会（简称为国家科委）、广东省人民政府和中山市人民政府三方共同创办。1991 年 3 月被国务院批准为首批国家级高新技术产业开发区，成为实施国家火炬计划的重要基地，而且是国家体改委和国家科委确定的全国 5 个综合改革试点开发区之一。

中山火炬开发区管理委员会（简称为中山火炬管委

会）负责全区行政管理。开发区总面积70平方公里，其中集中新建区面积5.3平方公里。

后来，中山高新区成为"双百亿"，国内生产总值超百亿，自有资产超百亿。其实，双百亿并不是中山高新区的真正含义，比双百亿更有深意的是中山高新区的发展道路。

当初的中山高新区只是一片滩涂和荒地。中山市在广州至珠海的107国道边选址建园。土地属于中山市张家边区最好的农田。

在农田上崛起厂房，走工业化、城市化的道路，道理不错，甚至还是中国人民多年的夙愿。但是一旦实施起来，可就不那么容易了。

中山市政府成立了中山火炬管委会，作为政府派出机构，与张家边区政府并驾齐驱。与中山高新区紧密相连的还有一家中山港政府机构，中山港建设也是从张家边区征地。"一地三府"，旗鼓相当。中山火炬管委会建园，中山港建港，张家边出地。

中山火炬管委会主任，曾任张家边区副区长的谢力健说，几千元一亩的廉价从中山市政府征去了最好的土地，然后把失地农民又交给了他们。

此外，还要为进入园区和中山港的外来人员办理所有的社会事务，这使得张家边区政府不堪重负。中山火炬管委会和中山港属于政府派出机构，有政府的级别却无政府的职能，许多事情还要去找市政府或张家边区政府解决，机构手续复杂烦琐、办事效率低下、责任推诿扯皮。其结果是，开发区开而不发，举步维艰，下属公司不得要领。其中，远近闻名的国家健康基地，由于资不抵债，而毫无"健康"可言。

最终，张家边区失地农民渐多、农民就业谋生希望渺茫。当时的开发区领导几乎不约而同从心底生出了问号：为什么要搞"开发区"？开发区应该怎么搞？

中山市不愧是伟人故里，这里的决策者绝不愿做辱没先人的蠢事。1999 年，中山市将中山火炬管委会、张家边区政府和中山港三家合一，统一成立新的中山火炬管委会。中山市委常委冯梳胜成为中山火炬管委会首任党委书记。

此时的冯梳胜戎装才卸，可以说是从"武官"一下子成了"文官"。所以，在他的思维中，这个跳跃似乎是接到了一个奔赴新战场的命令。他登高远眺，放眼中山火炬的红土地。土地和农民、园区和农村、科技和社会、丘陵和港口、规划和战略、现代和传统……一切的一切，化为一体、熔为一炉。中山火炬怎么搞？那只能问自己！

后来，中山高新区习惯把这一"划时代"的体制变化称为"三合一"。也正是在"三合一"之后，中山高新区才真正找到了体制之路。由于管理体制对路，运作机制出路自现。

后来，冯梳胜在回顾开发区的历程时说：

实现开发区城乡协调发展，最根本的就是要提升农村发展水平，使之跟上开发区城市化进程的步伐。

　　提升农村的发展水平必须进行一系列的变革，解决阻碍农村发展的深层次问题。

　　张家边有将近 4 万农民，此外还有乡镇企业和街道社区。中山高新区不能再封闭在"高科技"的象牙塔内，而是必须和 4 万农民一起建设具有中国特色的高新技术园区。

　　当时的张家边是中山市比较贫困的镇区，有的村农民年均收入只有几百元。中山高新区的高科技龙头，首要的问题就是解决区内农民的温饱和促进区内农业的发展。

　　中山火炬管委会给农民建设了人均 20 多平方米的公寓，既改善了农民的居住条件，又腾出了大量土地兴建厂房和配套物业。农民们持有永久股份，每年分红。

　　中山火炬管委会对区内农村开展了"三个五"工程，即在 5 年内，完成农民人均 50 平方米物业，人均收入达到 5000 元。

　　为此，区委专门成立了"三个五"工程领导小组；领导小组下设办公室，专门负责农村"三个五"工程的实施工作，并制定了各村发展的经济指标，做到抓检查，促落实。

到 2004 年，在建的"三个五"工程项目达到 17 个，开发土地面积 310 亩，建筑面积 17 万平方米。全区农村基本形成集体自有物业 57.89 万平方米，实现人均物业 18.09 平方米。农民人均纯收入达 7600 元，比前一年增长 27%。

经过努力，当地农村呈现出新的面貌。与其说这里是农村，不如说是绿荫遮掩的社区更加贴切。

张家边的窈窕村，几乎家家都是三五层的别墅，村里的道路全部是水泥路，路边有冠盖入云的老榕，也有果满枝头的果树；有的树上花开五色，有的树上绿叶如翠。

和城市统一树种绿化不同，村里的树品种多样，千姿百态。和城市规划建房不同，村民的居住楼宇也是各呈精彩，参差不一。

窈窕村村民只有 700 多人，外来居住的开发区工人有 5000 多。街上随时可见身着工装、胸配工卡的外来青年。他们是窈窕村的新居民，或买菜或逛街或匆匆上班或悠悠散步，恐怕这就是若干年后的广东客家人。

中山高新区有高标准的省特级文化站、电视台，组建了火炬传媒集团。区内还组建了火炬艺术团，有多项精神产品获得国家级、省级奖励。

中山高新区把发展教育、培养人才放在优先发展的位置，成为全市第一个省教育强区；引进和兴办了株洲工学院包装学院、广东外语外贸大学附设中山外语学校、中山火炬职业技术学院，形成了基础教育体系、外语教育体系和职业教育体系。

中山高新区设立了体育基金会，在全市镇区率先建成了全民健身体育广场，被评为"全国亿万农民健身活动先进乡镇""全国城市体育先进社区"。

中山高新区落实社会治安综合治理各项措施，深入开展创建"无毒村""无案村""安全小区"活动，被评为全省社会治安综合治理先进单位、全省"禁毒03工程先进集体"和全国社会治安综合治理先进集体。

由于党建工作不断加强，中山高新区党委被评为全国、全省先进基层党组织和广东省模范乡镇党委，还被广东省委、中山市委确定为全省、全市"固本强基工程"示范点。

对于高新技术开发区与农民的交融问题，党委书记冯梳胜的思考似乎更有深意。他说："要建设和谐社会，就要立足'共同富裕'这个目标，采取措施，以富哺贫、以富济贫、以富扶贫，逐步缩小贫富差距。"

他还说，当前最重要的是要调整三个方面的利益关系：一是调整脑力劳动者收入与体力劳动者的收入差距；二是调整行政事业单位干部职工与农民的收入差距；三是调整个体工商户、私营企业主与低收入群众的收入差距。

在这种利益关系的调整中，政府要有作为，一方面政策措施要进行调整，在一定程度上限制强势群体，扶持弱势群体；另一方面，公共财政要向弱势群体倾斜。此外，政府还要营造创业和就业机会，提高农民的收入水平，建立健全社会保障体系。

农民出身的管委会主任谢力健强调说，我们搞开发区绝不以牺牲农民利益和土地作为代价；相反，开发区首先就应该为农民带来实惠，为农村带来发展。

此后几年，中山高新区每年投入农村建设的资金就有5000多万元。高新区只有成为带动区域经济的龙头和社会和谐发展的动力，才能找到出路，才是真正实践和落实科学发展观。

二、 加快中部崛起

● 孙德贵说："依托这种服务机构不用劳神其他方面的事情，只一心研制自己的项目就行了。"

● 郑彦松说："创新型产业是我们下一步努力的方向，高新区将重点打造一些特色的产业集群，在初步形成的几个产业集群基础上找寻新气象。"

● 刘传铁说："东湖开发区正在成为一个创新的基地，一个创业的乐园，一个创富的圣地。"

长春高新区营造投资环境

2008 年，长春国家高新技术产业开发区（简称为长春高新区）发展成为总收入和总产值双双突破千亿元大关的国家先进高新区，并且走上了创业、创新、创造体系化，科技产业集群化、国际化的发展之路。

长春高新区最早可回溯到 1988 年，前身是建于 1988 年的南湖—南岭新技术工业园区，1991 年经国务院批准成为首批国家级高新区之一。

最初的长春高新区是从长春南湖—南岭一条街起步开始科技产业化征程。那时的一条街还只是处在科技成果商品化的起步阶段。

多年来，在火炬计划精神的指引下，长春高新区牢牢把握"发展高科技，实现产业化"的建区宗旨，始终把自主创新作为推动区域发展的根本动力，走出一条政产学研联动、自主创新与引进消化吸收相结合、高新技术应用与传统产业改造并举的发展道路。

在国家科技部历次评优中，长春高新区均被评为"先进国家高新技术产业开发区"，经济发展和技术创新能力综合加权排名进入国家高新区前列，成为"中国科技创新竞争力十强开发区"，被批准为"国家知识产权示范园区创建区"，并率先在东北三省通过了 ISO14001 环境管理体系国际和国内双认证。

经过多年的努力拼搏，长春高新区成为东北老工业基地振兴的重要增长极和技术创新源，拥有企业2600余户，建成了众多特色产业园区和国家级基地，发展起生物与医药、光电技术、先进制造技术、信息技术和新材料五大主导产业。

高新技术产品产值、工业总产值分别占长春市的二分之一和三分之一，吸引了30多个国家和地区的外商在区内投资兴业，成为全国先进的高新技术企业孵化基地、高新技术产业化基地、高新技术产品出口基地和高新技术企业家培育基地。一个国内一流的高科技园区以科技创新雄姿矗立在北国春城。

截至2007年末，全区累计实现技工贸总收入5962亿元、利税938亿元，年均分别递增50.36%和49.84%。2007年，全区经济总量实现1160亿元，工业总产值实现1040亿元，地区生产总值实现305亿元，同比分别增长28.3%、31.9%和26.2%；财政收入实现106亿元，同比增长29.2%。全区高新技术产品产值实现550亿元，占全市的二分之一和全省的三分之一以上。

建区17年来，长春高新区始终把加快科技研发和成果转化，促进科技资源与经济发展的高度融合作为立区之本和历史使命，最大限度地优化配置科技资源，密切产学研合作，初步建立了以大学和科研院所为源头、以企业为主体、"官产学研资介"互动的技术创新体系，自主创新能力明显提升。

长春高新区的快速发展，改写的不仅仅是经济指标，也不仅仅是在平地建起一座新城，更重要的是从观念到体制进行了一场革命，淡化了管理，凸显了服务。一套开放、高效的服务体系已在长春高新区深入人心。

2006年，国内某企业老总带着一个铜业高科技项目来长春高新区考察，在听取了工作人员介绍后，当即决定把项目投到长春高新区，而在此之前，他已经带着项目考察了数个城市。

是什么让这位挑剔的老总这么快就下定决心？是素质，是园区工作人员的素质。"除了各种政策，这里的工作人员对吉林省、长春市及长春高新区的法治环境、人文环境都非常熟悉，甚至连大气质量情况都能对答如流。工作人员的这种素质给了我投资的信心和决心。"这位老总回答。

无独有偶，一位外国投资者在长春市实地考察后，给长春高新区管委会主任和副主任各写了一封热情洋溢的信。

信中说，长春高新区领导和工作人员身上体现出的宁静致远的文化素质和人文精神，与他的创业理念相契合，他因而深受鼓舞，愿与美国合作伙伴前来投资。他还说："长春高新区是一个充满文化气质的集体，由此，我断定园区的未来充满希望。"

投资者的眼光是准确的。以一流的环境打动投资者，这样的事例在长春高新区不胜枚举。正是这种以人为本的环境聚合效应，吸引了国内外众多跨国公司和知名企业到长春高新区投资兴业。

除了吸引投资，高新区的孵化"一条龙"跟踪服务更让人称道。在长春高新区，孙德贵的经历为人津津乐道。

1994年，出国留学的孙德贵曾经先后在加拿大和美国从事波导电光调制器理论与技术的研究工作，掌握了世界顶尖的光电子技术。

2003年，孙德贵带着研制高性能波导式可调光衰减器的想法，回国寻找创业的机会，却多次碰壁，始终没有找到能理解该项目和他本人的合作者。

高性能波导式可调光衰减器是一种广泛应用于光纤通信、光学测试、仪器定标及其他光电子系统中的器件。它不仅从根本上克服了传统机械式产品的体积大、速度慢、不易与其他器件匹配等固有缺陷，还大幅度降低了产品的制作成本。

孙德贵当时苦恼地说："这个技术比较先进，但全凭嘴说而没有实物，很难说服人家与我合作。"

后来经朋友介绍，孙德贵来到了长春高新区科技创业服务中心。最让他激动的是，经过初次沟通，工作人员马上知道了项目的重要性，了解了他的难处在哪里。

"我谈的东西他们都非常理解，很快就认可了这个项目的应用前景。"孙德贵表示他非常喜欢这样的服务机构，他说，"依托这种服务机构不用劳神其他方面的事情，只一心研制自己的项目就行了。"

在该创业中心的协助下，2004 年 4 月，孙德贵以具有两项国际专利、一项国内专利的高性能波导式可调光衰减器为主要产品，在长春高新区注册成立了长春德泰光电子技术有限公司。

像孙德贵这样只有一个想法或一个科技项目，打算创业而又缺少资金不知如何办企业的学者，在长春市这座高校、科研单位相对集中的城市里还有很多。长春高新区科技创业服务中心用专业知识和全程服务，帮助他们实现了创业理想。

长春高新区的努力取得了切实成果。在长春高新区，不论是管委会工作人员，还是支撑服务体系工作人员，人人都是投资环境，个个企业都是服务对象。

长春高新区通过实现信息、市场、人才、技术、资金、物流、法规、配套、服务这"九通"，以及打造面向国际市场的新服务平台，营造全国一流的投资环境，向数字型、信用型、高效型、生态型、服务型高新区迈进。

哈尔滨高新区的二区合一

2008 年是国家火炬计划实施 20 周年，同时也是哈尔滨高新区建立 20 周年。哈尔滨高新区于 1988 年建立，1991 年被国务院批准为国家高新区。

20 年间，哈尔滨高新区在火炬的旗帜下奋发图强，茁壮成长，从当年的田垄荒野发展成现代化工业园区。哈尔滨高新区通过不懈的努力，不断探索，精心打造，走出了一条不平凡的道路。

2001 年 7 月，哈尔滨市委、市政府审时度势，从实际出发，作出了哈尔滨经济技术开发区和哈尔滨高新技术产业开发区合署办公的决定，一套机构覆盖了两个功能区，规划控制面积约 31 平方公里。

实行"二区合一"的管理体制，充分实现了开发与建设的综合集成，补充、完善、叠加、放大了优惠政策体系；集中了优势资源，满足了多元化需要；实现了合理的功能分工，为产业发展创造了新条件；尝试集中力量、统一规划、集约开发的新模式，节省了投资成本；实行了人才、信息、政策共享，实现机构精简，服务高效。

两区合并开始了集约化发展之路，由此拉开了哈尔滨高新区"二次创业"的序幕。

在哈尔滨高新区人心中一直埋藏着一个心愿、一个目的和一个目标。"一个心愿"就是要使哈尔滨高新区经济发展速度实现倍数增长，投资环境、综合实力、竞争力在全国高新区排名进入上游；高新区主要经济指标保持 20% 以上的增速，到 2010 年，全区生产总值比 2005 年翻一番，达到 500 亿元以上。

"一个目的"就是依靠全体高新区人的奋斗，通过强化凝聚力、学习力、创新力、执行力、领导力"五力"，打造"五型"高新区，即服务型、数字型、信用型、景观型、人文型高新区。

"一个目标"就是从"二次创业"开始，哈尔滨高新区人以超常规的勇气、超常规的魄力、超常规的决心、超常规的办法，克服重重困难，实施超常规的发展战略，把哈尔滨高新区打造成国内综合竞争力一流的高新区，实现跨越式发展。

作为外向型的经济区域，营造与国际接轨的投资创业和适宜生活的区域环境是哈尔滨高新区发展的基础。环境是生产力的理念已深深地扎根在哈尔滨高新区人的心中。

因此，哈尔滨高新区在全面提高基础设施质量、完善配套需求的基础上，全力打造投资者认可的软硬环境，并着重在软环境建设上下功夫。

哈尔滨高新区从转变管理服务理念入手，建立全方位的服务体系，坚持提供专业化投资咨询服务，坚持提供企业基本建设时期的跟踪服务，坚持提供企业生产经营期间的延伸服务。

为此，哈尔滨高新区不再单纯地依靠政策优惠，而是转向依赖环境优势；弱化传统的政府行为，精简机构，减少环节，创新"一表制"工作模式。

在哈尔滨高新区，创办企业只需填一张表就可以很快解决审批、注册方面的问题。同时，哈尔滨高新区推进机制创新，强化服务，开通了"六个服务一条龙"；技术创新，网上办公；方法创新，"减"字当头；效率创新，领先全国。

继"一窗办理、一次办结、一网审批、一口收费、一次上门"之后，哈尔滨高新区又推出"入门零收费""审批零距离""办事零等待""服务零投诉"。

哈尔滨高新区的内资项目审批时间由原来的 25 个工作日缩短到 3 个工作小时，外资项目审批时间由原来的 27 个工作日缩短到不超过 1 个工作日，而一般最少也要两个小时才能完成的新设立企业核名，在这里只需两三分钟。哈尔滨高新区投资服务中心因此被有关部门评为"人民满意的公务员集体"。

哈尔滨高新区不断根据企业需要创新服务方式，实施跟踪服务和派出服务，把细致周到的服务贯穿于高新区建设的每个项目，渗透到项目建设的每一个环节，更多地注入了温馨的人文关怀，从而赢得了入区企业的好评和赞誉。

进入 2008 年，面对黑龙江建设经济强省、哈尔滨率先发展的新形势，哈尔滨高新区为自己确立了一个全新的战略目标。

抓住 2008 年哈尔滨市将实施园区整合、哈大齐"1+5"重点突破计划、航空汽车产业城的启动实施工作写入哈尔滨高新区倍增计划的契机，高新区准备大力做好集群建设。

这是哈尔滨高新区立足区域实际，将多年积累的综合优势转化为产业规模优势，从而推动哈尔滨高新区掀起"二次创业"第二阶段新高潮的战略步骤。

发展产业园区，哈尔滨拥有产业基础、科研人才、资源、地缘等优势，而在土地利用、区位条件、政策配套、资本运营上并不占优势。

在这样的客观条件下，哈尔滨高新区找到了一条发展产业园区的成功路径，不拼土地和政策，充分发挥母城自身所具有的优势，促进传统产业易地改造，加强对俄罗斯合作发展外向型经济，走哈尔滨高新区特色之路，以领先的理念、超前的规划、创新的服务、开放的视野，服务国内外企业。

为此，哈尔滨高新区与俄罗斯建立了广泛的联系，不断拓宽对俄罗斯的合作渠道。

哈尔滨高新区还紧紧围绕"产业发展园区化、园区建设特色化"这一理念，借助国家高新区的各项政策，以园区经营为依托增创新优势，重点规划建设了风电工业园、核电工业园、软件及服务外包产业园、铝镁合金材料产业园、汽车工业园、医药工业园、食品工业园、对俄科技合作产业园、循环经济专业园等园区，同时对园区项目布局、生产配套、功能定位进行了全方位的设计。

一系列措施促进了招商引资向纵深发展。2007 年，哈尔滨高新区超千万美元外商投资项目 8 个，实际利用外资额 2 亿美元，签约超亿元人民币内资项目 5 个，省外资金到位额 23 亿元，工业项目固定资产投资达到 19.1 亿元。

2008 年，哈尔滨高新区力争实现合同利用外资额 3.85 亿美元，实际利用外资额 2.4 亿美元，增长 20%，吸引省外资金到位额 30 亿元，增长 30.4%。

新引进国际国内著名总部经济项目 2 个，超千万美元外资项目 10 个，新开工 5 个；超亿元人民币内资项目 10 个，新开工 5 个，项目平均投资规模突破 8000 万元；实现工业项目固定资产投资 24 亿元，增长 25.7%，实现对俄出口额 3100 美元。

合肥高新区推进二次腾飞

2009 年，中华人民共和国迎来 60 华诞，合肥高新区也进入实现"十一五"目标、"推进'二次创业'、打造'千亿高新区'"的关键一年。合肥高新区工委书记、管委会主任李兵明确提出发展目标：

加快推进高新技术产业化、规模化，进一步彰显高新技术产业创新强、规模大、附加值高的特色，确保到 2012 年实现集中新建区工业总产值超千亿元，年均增长 36% 以上。

为了让"千亿高新区"蓝图早日绘就，合肥高新区加快实施"重点企业发展计划"，对发展势头好、自主创新能力强、产业带动作用明显、人才聚集能力较强的优势企业，集中精力、集中资源，给予重点支持和倾斜，培育一批年销售收入超 30 亿元、50 亿元和 100 亿元的大型科技龙头企业。

同时，突出发展公共安全、电子信息、生物医药、新材料、新能源、现代服务业等主导产业集群，促进企业创新发展，筛选一批高科技、高成长的优势企业重点扶持和培育，通过上市融资、技术改造、市场开拓，推动企业加速发展，形成一批销售收入 10 亿元的优秀企业。

面对机遇与挑战，合肥高新区迎难而上，抢抓机遇，坚定不移地以科学发展观为统领，紧紧围绕"保增长、保民生、保稳定、促发展"这一主题，以合肥国家科技创新型试点市示范区建设作为合肥高新区深入推进"二次创业"、实现"二次腾飞"的新起点，加速集聚创新要素，大力培育和壮大创新型产业，不断提升综合服务功能，持续掀起"二次创业"的新高潮，努力实现经济社会更好更快发展。

由建立到掀起"二次创业"的新高潮，合肥高新区一路高歌猛进。

徐燕丽是合肥高新区内一名工作人员，她在回忆高新区初建的文章中写道：

> 1991 年，刚出校门的我来到了大蜀山脚下，到处是一望无际的农田，人烟稀少，被同事称为"合肥的西伯利亚"，荒凉的田野上，靠近马路边的地方，只有两幢刚搭起的简陋厂房框架。

人们很难想象，就是在这一片曾被称为"合肥西伯利亚"的创业热土上，世界第一台影音光盘（VCD）、国内第一个基因工程重组药物人 α–2b 干扰素、中国第一台微型计算机等一批国际领先或首创的高科技产品相继诞生，科大讯飞语音技术也从这里走向全国乃至世界。

就是在这片到处是农田的土地上，合肥高新区逐渐诞生、成长、壮大起来，吸引了一批又一批创业英雄来此一展身手。

合肥阳光电源总经理曹仁贤就是这样的创业英雄。在合肥工业大学读完本科、保送研究生后，曹仁贤并未回到具有得天独厚优势的家乡浙江创业，而是留在了合肥高新区。

曹仁贤的决定让不少人觉得不可理解，但更让人不可思议的是公司日后的发展。在短短 8 年时间内，当年在煤研所租用两间小房起家的小作坊，就已经成长为一家总资产值 4000 万元、年销售额 5000 万元的高新技术企业。

在合肥高新区，像曹仁贤这样的知识型富翁不乏其人，科大讯飞的刘庆峰、三晶电子的刘原平，留学归来的陶悦群博士……

2005 年，高新区内具有高级职称的人员达到 2300 余人，博士生和硕士生 1200 多名，留学回国人员 300 多人。

这些拥有丰厚的知识技术背景的佼佼者，缘何会选择合肥高新区。合肥从两个在合肥高新区广为流传的创业经典案例中，人们似乎可以得到答案。

一个是合肥 3 名大学生开发了一种软件技术，但面临资金和场地困境。合肥高新区管委会得知后，为他们提供了 10 万元启动资金和免费场地，半年后项目成功了，10 万元变成 400 万元；1 年后，这个数目扩大到 1400 万元。

另一个是刘原平博士创立三晶敏感元件时注册资金只有 12 万元，资金成为发展最大的困难。合肥高新区管委会知道后，立即委托专门为创业者服务的创业中心对合肥三晶公司投资，使三晶的注册资本从 12 万元变更为 300 多万元，三晶从此驶上高速发展的快车道，后来三晶成为中国热敏电阻的第三大制造商。

合肥高新区管委会主任郭超说，2005 年高新区内已有各类科技企业孵化器 9 家，总面积 30 多万平方米，为各类人才提供了优越创新创业平台，省内外尤其是大学、科研机构各类科技成果、创业人才源源不断向这里汇集。

郭超介绍，园区 11 平方公里的地盘上已有科技型企业 600 多户，规模以上工业企业达到 120 多户，拥有国家重点高新技术企业 10 家，上市高新技术企业 5 家，由国内外上市公司投资或参股的高新技术企业 20 多家，当年的"合肥西伯利亚"逐渐演变成"安徽硅谷"。

合肥高新区在成长道路上可谓一步一个脚印。1997 年，合肥高新区被国家批准成为对亚太经合组织成员特别开放的工业园区；1999 年被国家批准为技术创新工程区域试点高新区；2000 年，被国家认定为高新技术产品出口基地。

2003 年，在全国高新技术产业化工作暨火炬计划 15 周年总结表彰大会上，合肥高新区以"先进国家高新技术产业开发区""先进高新技术创业服务中心""先进火炬计划软件产业基地"三项荣誉，受到科技部通报表彰。

2004年11月，经国家科技部批准，合肥成为全国唯一的国家科技创新型试点市，合肥高新区作为试点市示范区的建设主体，相继得到国家和省市在资金、技术、政策、人才和项目等方面给予的大力支持，为合肥高新区的发展带来了新的动力与机遇。

在合肥高新区的积极努力下，示范区的建设取得重大突破。一大批国内外知名企业纷至沓来，投资科研孵化、工业、商业、服务业等项目。

进入"十一五"后，合肥高新区步入加速发展阶段，全区、国内生产总值、财政收入、固定资产投资等经济指标均保持高速增长，2007年，敢于自我加压、勇于奋进的合肥高新区绘就了"千亿高新区"的美好蓝图，准备通过3至5年的努力，实现全区工业总产值达到1000亿元，努力把园区建设成为一个宜商宜居、和谐发展、创新型的现代化多功能综合性新城区。

依托本地丰富的科教资源，合肥高新区在发展中高举火炬旗帜，坚持自主创新，汇集创新资源，加速科技产业化步伐，壮大特色产业集群，走新型工业化之路，发挥安徽省技术创新和高新技术产业化龙头的引领示范作用，不断完善以市场为导向、企业为主体、产学研结合的技术创新体系。

郑州高新区发展创新型产业

2009 年 4 月，科技部批准郑州市启动并开展创新型科技园区建设工作，郑州高新技术产业开发区（简称为郑州高新区）正式进入首批国家创新型科技园区建设行列。

郑州高新区已走过 20 年创业历程，成为一个经济快速发展、创新特色突出、产业相对发达、支撑服务较为完善、基础设施配套齐全和环境优美宜居的现代城市功能区。

郑州高新区创建国家创新型科技园区的优势是多方面的，而其核心就是创新。郑州高新区初步形成了具有区域特色的五大主导产业。五大主导产业对郑州高新区工业增加值的贡献率为 86%，为郑州高新区建设创新型科技园区和发展创新型优势产业集群提供了坚实的产业基础。

郑州高新区从建立到成为首批国家创新型科技园区，经历了 20 年的风雨。20 年中，无数的创业者在这里为实现自己的梦想而拼搏过。

在郑州高新区科学大道上，点缀着意为创新、科技、文化的形态各异的三组雕塑群，它们见证了创业者的激情与梦想。

20 年前，当社会对"火炬计划"还很陌生的时候，郑州市政府已开始在郑州西郊一方僻壤上绘制出了高新区的蓝图。

20 年后，郑州高新区已经烙上了科技的印记，在 30 平方公里内的园区领域，驻扎了千余家高新技术企业，吸引了河南多所高等院校，70 余家国家级、省级科研院所先后落户，聚拢了近 4 万名的科技人才。

谁曾想，20 年前，"沟壑纵横，杂草丛生"的这片土地会成为后来郑州高新区的原型。

"以前，晚上走在黑暗的乡村公路上会有点儿害怕。现在，新区的夜晚灯火通明，处处显露出现代化城市的味道，这不能不说是一个奇迹。"在郑州高新区管理委员会工作了 20 年的经济发展局副局长张崔威，对于郑州高新区的变化不无感慨。

1988 年，郑州市政府在"火炬计划"的热潮中作出了"打造郑州科技园区"的规划部署；当年 10 月，郑州高新区培土奠基。

1991 年，郑州高新区被批准为国家级高新技术产业开发区，成为 53 个国家级高新技术产业开发区中的一员，并由此取得了较快的发展。

1993 年、1998 年、2003 年，郑州高新区先后 3 次被国家科技部评为全国先进高新区；1998 年加入了世界科技园区协会；2000 年正式加入国际科技园区协会，成为全权会员。

2002年，郑州高新区通过了环境管理体系 ISO14001认证，是河南省当时唯一一个通过 ISO14001 国际标准认证的环境管理运行区域。

然而，在发展的道路上，郑州高新区走得并非一帆风顺。

随着郑州经济开发区及郑东新区的迅猛崛起，郑州高新区明显失去了一枝独秀的优势。同时，郑州市的发展也呈现"北扩东移"的趋势。与此相应的是，地方政府在政策、资金等方面对于郑东新区有所倾斜。

在外部环境变化的同时，高新区自身也遭遇了发展"瓶颈"，土地资源告罄、发展空间不足的情况为招商引资带来了困难。

郑州高新区的发展步伐骤然慢了下来，其综合实力在全国53个高新技术开发区中的排名也由最初的20多名下滑了10多个名次。尽管就一些单个指标来看，郑州高新区的增长趋势一直不减，但是，"整体上给人的印象是发展比较平稳"，这是许多人对高新区的整体印象。

此时，扩区的呼声得到了政府的认可和企业的支持。

从最初规划的 7 平方公里的不毛之地，郑州高新区先后经历了 13 平方公里、18.6 平方公里的规划修改，到后来版图已达到 30 平方公里。

扩区，使得郑州高新区得到了重新定位的发展契机。郑州高新区把自身的发展战略定位得更为现实，即"要把高新区建成现代化、国际化、生态型、独具特色的科技新城区"。

不久，当各种创新要素云集郑州高新区时，郑州西郊再次吸引了人们关注的目光。网络安全集群、软件服务外包集群、智能仪表集群、超硬材料集群、太阳能电池集群等产业基地群雄毕至，齐聚郑州高新区。

经过 20 年的发展，郑州高新区已牢牢地把科技的标志印在了人们的脑海中。郑州高新区也被科技部列为"创新型特色园区"。

"创新能力和创业活力"是业界评判高新技术产业的主要依据，而最能体现这一特点的正是被誉为"支柱"的中小科技企业集群。

郑州高新区已经形成了电子信息、光机电一体化、新材料、生物医药四大支柱产业，全力打造软件、服务外包、生物医药、光机电、休闲动漫等超百亿高端特色产业园区群。

然而，单纯的创新优势远远不能获取市场胜势。

"当前，产业集群虽然效益凸显，但是当前还处在企业集聚的初级阶段，与发达地区存在差距。"谈到制约产业集群快速发展的主要因素时，河南省科技厅高新技术发展及产业化处处长刘英峰指出，企业集聚效应落后，尚未形成特色突出、支柱作用明显的产业集群。

"没有完整产业链的集群作支持，很难在群雄中逐鹿取胜，招商引资难度变大了。"郑州高新区招商局局长叶韶华认为，郑州高新区园区发展后劲要依托强劲的国际性大企业集团和抢占制高点的重大项目。

"拉高坐标，引进重点项目"已经成为郑州高新区的口号，它试图重新向公众展现一个积极奋进的求变信号。

"创新型产业是我们下一步努力的方向，高新区将重点打造一些特色的产业集群，在初步形成的几个产业集群基础上找寻新气象。"郑州高新区管理委员会政策研究室主任郑彦松介绍，争取用 3 至 5 年的时间，打造几个销售额超 50 亿元、100 亿元的科技园。

高新技术企业群体不断壮大，郑州高新区经认定的高新技术企业占郑州市的 63%，占河南省的 30%，形成了河南省高新技术产业发展的重要基地。

"郑州欲在'中部崛起'的进程中脱颖而出，要敢于让出市场、开放产业，培育领跑的技术优势。"郑州大学商学院教授朱伟民认为，在缺乏沿海地区区位优势的情况下，只有划出一片有特色的区域，并把门开得比沿海还大，才能有竞争力。

20 年前，郑州高新区率先创建科技开发试验区，成为敢为人先的拓荒者。而今，这个拓荒者再次站在转型的节点处，依旧扮演着"先导"的角色，在支撑河南日益扩大的经济版图的重任中继续前行。

武汉高新区打造中国光谷

真正能够强烈冲击武汉城市圈心脏的引擎是哪里？人们把目光投向中国光谷——武汉东湖高新技术开发区（简称为武汉东湖高新区）。

2009年9月15日，是雷曼兄弟倒闭一周年的日子。至此，距离这场百年一遇的国际金融危机爆发已经整整一年。

此时，一项武汉东湖高新区对园区127家上市后备企业进行的最新调研显示，企业发展的信心指数正在上升，投资意愿增强，66.39%的受访企业在2009年有投资新建或在建项目。

国际金融危机使武汉东湖高新区部分企业订单下降、开工不足、效益下滑，企业扩张减缓。但是，最新统计数据显示，在国际金融危机的大背景下，武汉东湖高新区仍然保持了经济的稳定增长。

重新审视武汉东湖高新区成长裂变的足迹，人们看到了技术创新、体制创新、文化创新等等。毫无疑问，这些正是"两型社会"所特需的生动要素，也是转变经济发展方式所依的具体路径。

武汉东湖高新区是在国家改革开放，特别是科技体制和经济体制改革的大背景下诞生的。

湖北省武汉市在全国较早进行了转化科技成果，实现了产业化的探索，于 1984 年开始筹建高新技术开发区。1988 年，武汉东湖高新区创立。1991 年，武汉东湖高新区被国务院首批批准为国家级高新技术产业开发区。

　　东湖高新区在成为"中国光谷"前，也曾走过弯路。20 世纪 90 年代初，武汉东湖高新区急于壮大自身实力，四处招商引资，在机械化工、生物医药等领域全面出击。几年下来，发展实绩并不尽如人意。

　　到 2000 年，武汉东湖高新区技工贸总收入仅为252.4 亿元，工业总产值 213 亿元，财政收入仅为 6.27亿元。如何走上跨越发展之路，成为武汉市开发区决策层亟须破解的课题。

　　当时，武汉东湖高新区积聚了全国一半以上的光电子研发力量——42 所各类高等院校、56 家国家级科研院所……巨大的自主创新潜能是全国其他开发区不可比拟的优势。

　　2000 年，武汉东湖高新区被科技部、外交部批准为亚太经济合作组织（APEC）科技工业园区。湖北省委、省政府作出抉择，变四处出击为突出特色，将基础雄厚的光电子产业做大做强，以带动相关产业发展。

　　2001 年 7 月 6 日，国家计划委员会（简称为国家计委）正式批复武汉东湖高新区为"国家光电子产业基地"，"武汉·中国光谷"诞生。

　　历经 20 年不平凡历程，武汉东湖高新区极大地激活了武汉的科技资源，使武汉的现代高科技能量如岩石般迸发出来。武汉·中国光谷的诞生犹如一只涅槃的凤凰，在市场经济的洗礼中浴火腾飞，成为中国中部地区的一个亮点和高新技术产业化的旗帜。

2008 年，人们走进武汉·中国光谷，感受到了巨大的变化。

立足国家光通信技术重要发源地这一自身优势，多年来，武汉东湖高新区加大自主创新与科研成果转化，武汉·中国光谷已经成为中国最大的光纤光缆、光电器件生产基地、最大的光通信技术研发基地、最大的激光产业基地。这是光谷的优势，也是光谷的过去。其产品以"光载体"为主。

武汉·中国光谷的产品与人们的日常生活息息相关，包括神奇的激光影像、绝妙的光栅传感器、智能化的五联动数控系统。一根比头发丝还细的光纤，能让 8000 万人同时通话；新一代红光高清视盘机新一代红光高清视盘机（NVD），清晰度超过数字通用光盘（DVD）的 4 倍，让一根头发在大屏幕上清晰可辨……令人叹为观止。

在光通信产业方面，中国邮政科学研究规划有限公司（简称为邮科院）与日本藤仓合作的单膜与多膜光纤项目已全面投产。为迎接 3G 时代的到来，高新区推进邮科院与日本 NEC 公司、大唐电信的 3G 系统合资，在时分同步码多分址（Time Division - Synchronous Code Division Multiple Access，简写为 TD - SCDMA）、宽带码分多址（Wideband Code Division Multiple Access，简写为 W-CDMA）两大 3G 系统的标准、终端等方面做好了准备。

在集成电路产业方面，武汉·中国光谷成功引进了中芯国际 12 英寸 90 纳米超大规模集成电路生产线项目，不仅迅速缩小我国芯片制造业与世界先进水平的差距，同时促进我国向集成电路生产大国转变，并推动武汉东湖高新区的移动通信、光电显示、数字电视等新兴产业的发展。

武汉东湖高新区加大科技资源的整合与高位嫁接，推进华工科技、楚天、团结等激光公司重组，推进与大连软件园的合作，使一个个现代产业链不断延伸，又集聚成一个个产业集群。

世界 500 强企业美国电子数据系统公司全球第四个服务外包中心在武汉·中国光谷运营，武锅新基地、武重新厂、武汉船舶工业园先后开工。与此同时，富士康、中芯国际两大项目也在加快建设。

可以说，武汉·中国光谷已形成以光电子信息产业为主导，光通信、移动通信、激光、半导体、消费电子、创意、软件与服务外包、显示、生物医药与高科技农业、环保、现代装备制造业为特色的产业格局。

2007 年 12 月 12 日，湖北省委副书记、时任代省长的李鸿忠到东湖高新区调研，考察了光谷软件园、烽火科技、凡谷电子、武汉光电国家实验室和红光高清视盘机项目。

李鸿忠说:"'光谷'在谷不在光!'光'只是一种产业形态,光谷的关键是要创新体制机制,加强创新文化建设,大力营造'崇尚成功、宽容失败、鼓励竞争'的文化氛围,打造有利于吸引人才、有利于人才创业的谷地洼地,争取早日建成世界一流的科技园区。"

应该说,东湖高新区在当时已形成了以创新为灵魂,以价值实现为动力,以冒险、创新、敬业、诚信为特点的光谷文化。

这是武汉东湖高新区人多年来探索、继承和融合多种文化因子而达到的一种人文境界。光谷文化既是光谷可持续发展的重要动力,也是光谷区别于其他科技园区的最显著的标志。

刘传铁对此深有感触。他说:"冒险既是光谷文化重要的部分,也是光谷文化创新点之一。'冒险'主要是倡导敢为天下先、敢于抢抓机遇、把握机遇的勇气和气魄。没有冒险精神,想得多、做得少,甚至不敢做,永远是'醒得早、起得迟',终将一事无成。"

这种文化也许就是一种意志,推动着创新潮起潮落。"光谷"说干就干。在产业发展上,武汉东湖高新区超前布局,制订了十大产业发展规划,并实施制造与研发并举策略,在大力发展高新技术制造业的同时,大力引进国内外知名企业在武汉·中国光谷设立研发中心及企业总部,大力发展服务外包、金融后台服务、国际商务服务等现代高端服务业和创意动漫等新兴产业。

2007 年 12 月 29 日，是 2007 年最后一个工作日，中共湖北省委书记罗清泉到武汉东湖高新区调研。他充分肯定了武汉东湖高新区在 2007 年取得的成绩，要求武汉高新区争当转变发展方式的排头兵，在体制机制创新、突破性发展高新技术产业中发挥领头羊作用，在武汉城市圈建设中担当重任，作出积极贡献，把光谷建设成"特色鲜明、实力雄厚、国内一流、国际知名"的高新技术产业基地。

2007 年，武汉东湖高新区的各项经济指标令人激动：企业总收入创下历史新高，达 1300 亿元，比 2000 年增长 5.16 倍。截至 2007 年底，东湖高新区已有规模以上企业 560 家，产值过亿元的企业 106 家，过 10 亿元的企业 14 家，过 50 亿元的企业 2 家。

正如武汉东湖高新区管委会主任刘传铁所说："东湖开发区正在成为一个创新的基地，一个创业的乐园，一个创富的圣地。"

这里初步建立了多层次的创新网络；集聚国家实验室 1 个，国家重点实验室 13 个，国家工程（技术）研究中心 13 个、省级重点实验室 19 个、省级工程研究中心 18 个，企业建立研发机构达 500 多家，从事科技活动人员 2 万多人。

长沙高新区建设外包基地

2009 年 9 月 19 日，在中国软件行业协会主办的"2009 中国（南海）软件和服务外包高峰论坛暨中国软件行业协会成立 25 周年庆典"上，长沙高新技术产业开发区（简称为长沙高新区）内的长沙软件园荣获"中国软件和服务外包杰出园区"称号，成为中部地区诞生的首个"中国软件和服务外包杰出园区"。这标志着长沙高新区迈出了坚实的一步。

长沙高新区从建立到逐渐发展壮大，经历了一系列探索的过程。但它一步一个脚印，走得十分扎实。

新中国成立初期，国家"一五""二五"重大工业建设项目没有一项落户长沙，长沙工业天生"短腿"。但历届长沙市委、市政府坚持认为，长沙作为湖南的省会，必须始终把工业放在经济发展的重中之重。

先天不足的长沙工业如何后来居上？市委、市政府把目光瞄准了高新技术产业，瞄准了长沙市河西岳麓山下的一片处女地。

1988 年 5 月 11 日，国务院国函［1988］72 号文件批准建立长沙科技开发试验区后，长沙高新区在湘江西岸开始正式亮相。

1991 年 3 月 16 日，国务院批准长沙科技开发试验区为国家级高新区，同年 9 月更名为"长沙高新技术产业开发区"。

1996 年 4 月 4 日，《长沙高新技术产业开发区条例》经湖南省第八届人大常委第二十一次会议批准，正式颁布实施。这是长沙市教科文卫战线上的第一部法律。

2000 年 7 月 24 日，经国家科技部火炬中心批准，"国家火炬计划软件产业基地湖南创智软件园"更名为"国家火炬计划软件产业基地长沙软件园"。

2007 年 4 月 16 日，人事部、湖南省政府在长沙高新区（麓谷）共建"中国长沙留学人员创业园"。同年 12 月 25 日，商务部、信息产业部、科技部联合发文批准长沙市为"中国服务外包基地城市"，批准长沙高新区为"国家服务外包基地"。

建区 20 多年中，长沙高新区坚持以园区建设为载体、以科技创新为动力、以产业聚集为支撑，发展成为湖南推进新型工业化的重要基地和促进"中部崛起"的重要平台。

"市委、市政府设立长沙高新区的决策，最终带动了长沙工业实现脱胎换骨的飞跃。"长沙高新区党工委书记谭杭生这样表述高新区崛起大河西的深刻意义。

长沙高新区总体规划面积 18.6 平方公里，由城中区和岳麓山集中新建区两部分组成。1997 年经原国家科委批准，调整为"一区四园"。其中，被称作"麓谷"的岳麓山高科技园是高新区直管核心园区。

2007 年，长沙高新区"一区四园"技工贸总收入首次突破 1000 亿元，其中岳麓山高科技园总收入 500 亿元，比上年增长 25%。

在长沙高新区的发展历程中，1992 年湖南省认定的首批高新技术企业起了重要的推动作用。这些最具活力的企业是湖南最耀眼的经济增长点，并形成了新材料、先进制造、电子信息、生物医药四大新兴产业。

截至 2008 年底，湖南省高新技术企业达到 1345 家，高新技术产品总产值达到 2700 亿元。

1987 年，原长沙被服厂的厂长姜天武带领大伙儿艰苦创业，在湘江东边"竹山园"附近创下"梦洁"品牌。

就是这家不起眼的市属供销系统工业企业，在此后 20 余年时间里，靠着一针一线竟然"缝"出了一个名扬海内外的家纺品牌。

2000 年，公司销售收入首次位列全国同类商品销售收入第一，连续 5 年利税过千万元。"梦洁"商标跃升为全国同类商品第一品牌。

为进一步扩大生产能力，2008 年 7 月，湖南梦洁家纺股份有限公司投资 1 亿多元、占地 16 万平方米的梦洁家纺工业园在长沙高新区（麓谷）开园投产。梦洁的梦想是在 5 至 10 年内，完成从制造型企业向服务型企业的战略转变，把梦洁打造成全球家纺第一品牌。

2009 年 6 月中旬，国务院总理温家宝来湖南考察。在短短 3 天的时间里，他在百忙中抽出时间考察了湖南梦洁家纺股份有限公司麓谷工业园。温家宝在梦洁家纺记住了两个数字，公司拥有 174 项专利、一年出专利 26 项。

温家宝随后与梦洁家纺麓谷工业园绣花缝制车间职工交流时说，专利就是自主知识产权，这是我们企业竞争的根本，是企业最大的财富。温家宝感慨表示，早些年，我们贴人家的牌，把钱给了别人。现在，别人开始贴我们的牌了。这个转折表明，中国人是有智慧的，有能力占领消费市场的最高端。

由于历史原因，长沙高新区建区初期的各种经济发展统计数据与后来相比缺少可比性。但 1991 年长沙高新区定名、进入"国家级"高新区方阵，长沙高新区从此获得了空前的发展机遇，总产值、总收入的年均增长率均在 50% 左右，开始进入持续、健康、快速发展的又好又快时期。

1991 年，长沙高新区企业数为 63 家，当年实现总收入 1.179 9 亿元、总产值 1.212 4 亿元。2008 年，长沙高新区"一区四园"完成技工贸总收入 1250 亿元、高新技术产业总产值 1112 亿元。

面对全国高新区你追我赶开展竞争、国家有关部委对"国家级"开发区实行优胜劣汰的动态管理的局面，长沙高新区党工委、管委会一班人保持了十分清醒的头脑。他们提出，长沙高新区的优势在创新、希望在创新，必须进一步强化创新意识与创新能力，积极建设"国家创新型科技园区"。

2008 年 6 月，科技部火炬中心、湖南省科技厅和长沙市政府三方签署共同推动长沙高新区建设"国家创新型科技园区"的合作协议，为长沙高新区在新阶段的发展和跨越提供了新的契机。

长沙高新区建设国家创新型科技园区的总体战略定位，是中部地区自主创新领航区、"两型社会"示范区、区域经济增长极。

长沙市委、市人民政府高度重视自主创新、高新技术产业发展工作，全力支持长沙高新区创建"国家创新型科技园区"，出台了《关于积极促进产学研合作加快科技成果产业化的暂行规定》《引进国际先进适用技术重大专项三年行动计划》等一系列扶持政策。

湖南省政府、长沙市政府先后出台了产业行动纲要和政策，在人才引进、财政奖励、产业发展基金、基础设施建设等方面给予重点扶持。

根据长沙市人民政府出台的《关于支持长沙高新区建设国家创新型科技园区的若干意见》，在创新型园区2009 年至 2015 年建设期间，长沙市、长沙高新区安排 30 亿元以上的资金用于科技创新的引导和支持。

另外，长沙高新区每年投入 8000 万元建设加速器和孵化器，并以政府资金为杠杆，引导地方配套资金和社会性投资。

三、 推进西部开发

- 成都市委常委、高新区党工委书记敬刚反复强调:"产业发展是成都高新区的生命线。"

- 王小若说:"引进了人才和科技型中小企业,就必须完善科技风险投资体系,为他们创造生存和成长的空间。"

- 甘肃省省委常委、副省长刘永富说:"改革开放以来,甘肃省与香港的经贸合作发展十分迅速,香港资金已成为甘肃境外第一大实际投资来源地。"

西安高新区进军一流园区

2009 年，西安高新区计划用 10 年时间，投入 350 亿元，融资 200 亿元进行拓展区的开发建设。

2009 年 1 月 8 日，艾尔肤公司年产 300 万平方厘米组织工程皮肤产业化暨工程技术研究中心项目在西安高新区创业研发园内奠基，项目总投资 1.2 亿元，产后年销售收入达到 10 亿元以上。

5 月 22 日，西安高新区草堂科技产业基地开工，该基地规划面积 20 平方公里，总投资 60 亿元。2015 年基地企业总数将达到 1500 家，实现营业收入 350 亿元，就业人口 10 万人。

6 月 8 日，应用材料西安全球太阳能研发中心首台设备如期到位，标志着该项目已进入设备搬入及安装、调试的冲刺阶段，于 2009 年 9 月建成启用，成为全世界技术最先进、规模最大的太阳能研发中心之一。

2009 年，西安高新区有 18 个产业项目开工建设，有 68 个产业项目扩建和续建，预计年内有 48 个产业项目开工建设。

随着这些重大项目的相继开工和投产，西安高新区创业研发园向着世界一流园区的宏伟目标迈出了大步伐。

西安高新区创业研发园进一步明确了园区的发展定

位和产业发展方向，提出在全球范围内，将西安高新区发展成为重要的研发基地和创新型服务业基地，形成通讯、光伏、软件与服务外包等具有较强竞争力的产业集群，成为世界一流科技园区。

到 2009 年，西安高新区已经走过 19 年的历程。对西安这座千年古都而言，19 年的时间只不过是白驹过隙、弹指之间。然而，就在这 19 年间，在西安的西南一隅，一座体积巨大、功能完善的科技新城拔地而起，36 万人在这里日夜生息，不断创造着奇迹。

19 年前的一个雨天，西安高新区在西安市西南城郊外的农田中奠基，在一段沉睡千年的唐长安城遗址上生发成长。从白纸上起步，在农田中建起的西安高新区踩着泥泞，一路走来，走到了国家级高新区的前 4 位，走进了领跑建设世界一流科技园区的第一方阵。

1988 年，中国第一个以发展高新科技产业为主的高科技园区，在北京的中关村成立。紧随其后，又一个高新技术产业开发区在深圳成立。与此同时，全国各地的高新区如雨后春笋般建立，国际、国内的技术、资金、人才成为各高新区竞争的焦点。

20 世纪 80 年代末至 90 年代初，在地处西北内陆的西安，市场化环境尚未形成，创业的冲动和资本的活力明显落后，吸引外资企业的条件先天不足。

1991 年 6 月，西安高新区正式成立，江泽民同志为西安高新区题词：

发展高新技术，实现经济飞跃。

西安高新区只有10万元的启动资金，十几个工作人员，在当时的竞争中十分不利。

然而，西安高新区人坚信："我们高举的是可以星火燎原的高科技火炬，拥有的是大专院校、科研院所实力居于全国第3位的科技宝藏，依靠的是受过高等教育的人员比例属于全国第一的人才优势，具有率先改革创新的优越体制、机制和政策环境，我们发展高新技术产业的梦想一定能够成真。"

于是，一个与国内其他高新区完全不同的自主创新发展模式在西安高新区诞生。

挥动着市场这只看不见的手，高新区深耕西安的科技宝藏，积极推动官、产、学、研、资、中介相结合，对处于襁褓中的科技成果进行无微不至的孵化，促进科技创新成果向现实生产力转化。

19年后，西安高新区在推动技术创新、发展拥有民族自主知识产权高新技术产品方面显示了独特优势。

中国第一台SP30超级程控交换机、第一块片式压电陶瓷变压器、第一个数字化虚拟演播室、亚洲最大的移动天线研发生产基地、世界三大移动通信标准之一和网络无线接入标准都诞生在这里。

西安同维公司攻克重重技术壁垒，不仅打破了国外产品对中国市场的垄断，还将"中国创造"的自聚焦透镜产品打入了国际市场。

归国博士周文益创办的西安华讯微电子公司，研发出我国第一套具有自主知识产权的高性能 GPS 芯片组，填补了我国在卫星导航芯片领域的空白，技术达到国际先进水平。

我国权威咨询机构赛迪顾问股份有限公司发布的《2006 年中国开发区科技创新竞争力研究报告》显示，西安高新区科技创新竞争力在全国各类国家级开发区中，仅次于北京中关村和上海张江高科技园区，居第三位。

西安高新区用自主创新打开了一条"中国创造"的科技发展道路，用 35 平方公里上的奇迹，证明在现代中国、在千年古都西安，一样可以创造领先世界的成就！

高新区不仅成为吸引各方人才的"磁石"，也成为培养高级经营管理人才和科技创新人才的"摇篮"。

西安电子科技大学退休教授肖良勇 64 岁创办西安海天天线公司，他 68 岁时企业在香港上市。海天占领了国内 100% 的小灵通天线市场，成为国内最大的移动通信基站天线供应商。

西安交大研究生毕业的陈耀强放弃国家科研机构的铁饭碗，创办了康鸿公司，研发出世界领先的片式压电陶瓷变压器，打破了日资企业的垄断地位。

在坚持自主创新、大力发展高新技术产业的同时，按照"共建、共创、共享、共赢"的原则，西安高新区发挥示范、辐射、带动作用，不断加强区域合作，切实履行社会责任，实现了由"率先发展"向"带动发展"，由"创新发展"向"和谐发展"的转变。

西安高新区的成功，为周边地区的发展树立了样板。高新区发展的模式，也被西安市各区县，以及关中高新技术产业带的各园区广泛借鉴。

西安高新区与雁塔区、长安区合作，建立了电子工业园和新型工业园，与莲湖区、新城区等区合作，成立了3个行政区科技园。

作为西安高新区发展空间的延伸和拓展，这些园区享受高新区的政策优惠和各种服务，实行总体规划，集中成片开发，基础配套和市政设施建设一次到位，并与周边区域贯通，加快了共建区的城市化进程，带动了区域经济发展。

"十一五"期间，自主创新成为国家战略，西安在我国创新与经济发展的大局中地位越发重要。西安的发展机遇也为西安高新区的快速发展带来良机。

面对未来，面对建设世界一流科技园区的号令，高新区提出，力争用15年左右的时间，用三步走的战略，把西安高新区建设成为高端人才荟萃、创新创业活跃、产业集群发达、孕育新兴业态的创新之城。

成都高新区狠抓产业发展

2009 年 9 月，正在大力创建"世界一流高科技园区"的成都高新区，以其辉煌的经济社会发展和科技创新成就，向祖国的 60 华诞献礼。

成都高新区是四川省和成都市高新技术产业的重要聚集地，自 1988 年筹建以来，经过 20 多年的快速发展，已经形成了三大主导产业和六大特色产业集群。

2006 年，成都高新区被科技部确定为全国首批 6 家"创建世界一流高科技园区"试点之一。2008 年，在科技部综合考评中，成都高新区综合实力位居全国 56 个国家级高新区的第四位。

通过长期的大力培育，成都高新区电子信息产业初步形成了在全国有一定影响的产业集群，呈现出从按行业领域划分的集聚向更加细分专业化的产业链集聚发展的态势。

成都市委常委、高新区党工委书记敬刚反复强调：

产业发展是成都高新区的生命线。

这句话成为高新区上上下下一致的共识，也是对成都高新区建设发展历程的概括和提升。

成都高新区自成立以来，"发展高科技，实现产业化"的宗旨从来就没有改变。

成都高新区于 1988 年筹建成立，1991 年被批准为首批国家级高新技术产业开发区，2000 年成为中国对亚太经济合作组织开放的科技工业园区，在国家科技部历次综合评比中均被评为全国先进高新区。

作为天府之国人文与科技的结晶，成都高新区以其骄人的业绩和独有的魅力，不仅吸引多位中央领导多次光临，而且吸引了英特尔、微软、摩托罗拉、住友、爱立信等世界知名企业纷纷落户，成了中国西部最具魅力的科技工业园区。

从 1991 年被列入首批国家级高新区起，成都高新区实现"双级跳"——"八五"的起步和"九五"的腾飞。触摸"双级跳"的基石，高新区人说，那是与众不同的新型体制。

省市共建的科技"特区"，究竟"特"在何处？只要去成都高新区看一看，就能了解这个答案了。这是一个政策、服务和环境各方面都力求达到"仿真"国际环境的区域。

早在 1992 年，成都高新区在全国高新区中首创了"四个第一"。第一个实行企业报、批、缴费等"一站式"服务管理，第一个建立了科技与经济相结合的股份制公司，第一个建立科技风险投资公司，第一个在内陆创办公益性保税仓库。

单说"一站式"服务，前来投资办事的人员只进一道大门，就能通过"微机联网，资源共享"的现代化办公方式，快速办完诸如从工商注册登记到税务登记、建设项目的申报等所有手续。

高新区还有一个"首问责任制"。凡来高新区办事的人，第一个与之接触的工作人员，能解决的必须尽力办妥；不属于自己工作范围的，得向来访者说清该找谁，怎么联系。此制度几乎让每个来访者都从这里满意而归。与之配套的是主办负责制、过失追究制等。

"在这里，管理就是服务。机关干部淡化'官'念，由官员转向服务员，真正树立起公仆意识、服务意识。"成都市市长助理、高新区党工委书记张学果说。

敢闯，敢试，敢为人先。"特区"精神同样让成都高新区在人事上大刀阔斧。

1998年7月，成都高新区内的鼎天公司在德阳投资2亿元新建"鼎天科技产业园"。消息一出，各界哗然。

种种非议指向了成都高新区和鼎天。鼎天为何异地发展？高新区哪个环节出了毛病？

成都高新区冷静分析，理智思考。作为市场经济的客观要求，鼎天异地发展是企业低成本扩张的理性选择，也是其借德阳东方电工之"壳"上市从而得以快速融资的需要。

但无论如何，它折射出高新区工作中不尽如人意之处，基础设施滞后于企业发展的需要，特事特办的力度不够，对企业服务的质量还不高。

不该对企业横加指责，更不能人为限制企业的异地发展。放眼全球市场，正是美国、德国、新加坡等地对企业异地发展的支持，摩托罗拉公司、西门子公司等才能落户成都高新区。

企业有"进"有"出"，方能促进更大发展，故步自封和地方保护都将成为经济发展的桎梏。明晰了这点，成都高新区一方面以发展的眼光、开放的姿态支持企业的异地发展，另一方面开始努力营造更良好的软硬环境，让企业进得来，留得住。

只有给企业一片广阔的蓝天，它才能尽情舒展自己腾飞的双翼。成都高新区也因此总结出了这条"蓝天"定律。"鼎天现象"给了成都高新区一个及时的警醒和鞭策。而从中，成都高新区又前瞻性地看到了"高速公路"将带来的冲击波。

高速公路四通八达了，是好事；但对"特区"而言，是机遇，更是挑战。路通了，周边县市在招商引资上你追我赶，而更优惠的措施却使高新区的区位优势和政策优势开始递减，万马奔腾、百舸争流的竞争局面也将随之加剧。

出路唯有一条——把服务质量搞得更好、把水平提得更高，以高新区优良的综合创业环境和人文氛围留住投资者的脚步。正是及早地意识到这个问题，成都高新区把握了工作上的主动权，使得"高速公路"的冲击波并没有给成都高新区带来更多的困扰和挑战。

体制创新最终落实在"效率"二字上。成都高新区每一个引进企业的背后都有一个不寻常的故事。

1994 年，成都高新区引进第一家世界 500 强企业德国西门子公司。为此，成都高新区大胆破除陈规，以同样低廉的优惠地价，在与上海的叫板竞争中取胜。

西门子光缆（成都）有限公司从筹建到投产仅花一年半时间，投产第二年便开始盈利。成都高新区被西门子公司推举为在中国合作伙伴中最成功的典范。

当初付出那么低的地价，值不值？答案是显然的。正是西门子这个国际大企业的落户，使得更多的世界巨商将目光聚焦于成都高新区。不久，日本住友、法国阿尔卡特等 13 家世界 500 强企业相继在这里落户，成都高新区成为中国西部外商投资最多的区域。

1999 年 8 月，成都高新区再次以高效率征服了位列世界 500 强的美国仙童半导体公司董事局主席杰弗瑞·斯坦纳。

美国仙童半导体公司最初只准备拿 300 万美元作为在中国的首次尝试性投资，但成都高新区创造的"成都速度"让其吃惊，4 天时间，在别处至少两个月才办得下来的所有登记注册手续就全办完了。

考察时，美国仙童半导体公司又提出想租用新加坡工业园区办公楼做厂房，高新区领导果断决策，特事特办，马上腾出办公楼。杰弗瑞·斯坦纳当即决定把投资增加到 1000 万美元。他说："我把在中国投资的第一家企业放在成都，这个选择没错。"

管理就是服务，服务就当追求效率第一。1999 年 12 月，高新区又在全省率先实行了国际通行的"朝九晚五"工作制。这并不是为了标新立异，"端着盒饭办公"让许多前来办事者颔首赞许，这下再也不用办事跑两趟了。

10 年时间，弹指一挥间，"蓝天"效应在成都高新区凸现。成都高新区从当初仅 2.5 平方公里的一片田野，发展成包括出口加工区在内的集新建区、高新西区、海峡两岸科技园、光电科技园的大区域。一个功能明确、分工合作、协调发展的"一区多园"模式已具雏形。

成都高新区并没有止步于此，面对第二次创业时机，成都高新区瞄准"十五"，又实现了自己惊人的"三级跳"。

实力最能证明一切，成都高新区的飞跃式发展引来了越来越多的投资者，甚至 2008 年汶川大地震都没有影响投资者对成都的热情。

2008 年 6 月 13 日，成都高新区天府新城项目签约仪式在世纪城新会展中心举行。仅这一次，就有金山数娱等 13 家企业与成都高新区管委会签署了项目合作协议和意向书。

这次签约的 13 个项目覆盖了软件研发、金融后台和商业地产等多个产业领域，项目总投资超过 120 亿元人民币，占地面积为 1457 亩，总建筑面积近 200 万平方米。

重庆高新区打造服务中心

2007 年，重庆高新区设立了注册资金 2 亿元的重庆高新区创业投资有限公司，每年科技风险投入达 2 亿元，打造国家级创新服务中心。

重庆高新区于 1991 年 3 月经国务院批准成立，是全国 54 个国家级高新区和首批 5 个国家综合改革试点开发区之一，2005 年被评为全国先进高新区。

重庆高新区管辖面积 70 平方公里，人口约 30 万。一区三园，分别为石桥铺高科技开发园、二郎科技新城和北部新区高新园。

重庆高新区开发建设团队坚持艰苦奋斗、开拓创新，从 1991 年依靠市财政 30 万元拨款，经过 16 年发展，使重庆高新区已从当年新成立的仅 200 家中小企业、1.1 亿工业产值、470 万税收的欠发达城郊地区，发展成拥有 1.5 万家企业、483 亿工业产值、42.8 亿税收的"高新技术产业基地、都市发达经济圈核心增长极和都市风貌展示区"。

1991 年 10 月，重庆高新区被国家科委、国家经济体制改革委员会（简称为国家体改委）确定为全国五个综合改革试点开发区之一。

成立以后，重庆高新区坚持"产业基地与科技新城"

同建的发展理念，在进行产业引进、成果孵化的同时，开展了大规模、高品质的城市建设、生态建设和社会事业建设，成为一座集产业、科研、金融、生态、时尚于一体的科技生态新城。

从"荒原"到"绿野"，与之一同奋斗了十几年的重庆高新区管委会原主任王小若，堪称火炬事业的"拓荒牛"。

"我刚到重庆高新区的时候，这里是落后的城市郊区，交通很不方便，没有车，借用了几间办公室，只有11名干部，一切都是白手起家。"王小若说。

1991年，在星火战线工作多年的王小若主动要求转战到新成立的重庆高新区工作。一切条件都很艰苦，但这些都没有动摇他扎根高新区的信念。他说："从'星火'到'火炬'是我的运气好，又'小'又'弱'的我一直在科技战线跟'火'打交道。"

上任伊始，王小若就提出了"有限目标，艰苦奋斗，滚动发展，注重效益"的十六字方针。为突破区域内无大专院校的瓶颈，重庆高新区采取了"四条措施"，大力发展高新区。

王小若说："引进了人才和科技型中小企业，就必须完善科技风险投资体系，为他们创造生存和成长的空间。"

在借鉴国际先进科技园区科技投融资体系的基础上，重庆高新区结合重庆实际情况又创立了5个创业基金。

1994年，从北京来的两位化学博士带着技术，在重庆高新区创办了重庆华邦制药公司。他们特别找到重庆市市长说："是王小若把我们吸引过来的，必须由他来担任公司董事长，我们才放心。"

重庆市委常委会研究决定，为优秀技术和人才创造一切条件，专门下发文件同意王小若兼任该公司董事长、法人代表。

王小若严格按照中央规定兼职不兼薪，给企业吃了"定心丸"。不过不久，王小若就辞去了该公司董事长的职位。华邦制药已成为中小企业板首批上市企业，年创税5000多万元，是全国重点高新技术企业。

在为企业打造成长空间的同时，王小若也把目光盯在建立高新区和谐的人居环境上要把科技、产业、生态、环保、和谐等要素融合进科技产业城市、山水园林城市、现代时尚都市的建设中。

"星"系列高新技术产业楼宇已成规模，现代科技厂房整齐排列，幽雅的生活小区、照母山植物园郁郁葱葱，园区有8个开放式公园，8个生态湖，新建区人均绿地达到110.9平方米，使这个新型的"生态科技商务区"成为展示重庆新形象的窗口。

此外，王小若非常注意保护原住户的权益，重庆高新区为近7万"农转非"群众建设了一流的安置房，全面实现了低保覆盖和医疗救助，免除物业管理费，让"农转非"群众以成本价购买商业门面，办理储蓄式养老保险，实行大病困难救助，免除了"农转非"子女学杂费，对考入大中专院校的"农转非"子女给予一次性奖励。

"如今的重庆高新区已成为人才聚集、创业活跃、产业兴盛、环境优美、和谐稳定、人气兴旺的都市风貌展示区。"置身重庆高新区的开放式公园，看着周围的一切，王小若的声音里都跳动着欣慰的音符。

在"八五"和"九五"期间，重庆高新区着力发展以机电产品为主的制造业，涌现出以力帆、宗申为代表的摩托车和发动机大型企业，以庆铃为代表的大型汽车生产企业，取得了很好的效果。

"十五"期间，从实践科学发展观出发，从全面协调发展出发，重庆高新区决定对产业结构进行必要调整。大规模、高能耗的机电制造业不适于在主城区继续发展，应该逐步退出主城区域。

但这些产业转移之后，该拿什么产业来补充？

"重庆高新区聚集了重庆市80%的软件产业和85%以上的动漫产业，具有较好的基础。"王小若非常看好创意产业的发展。

在已获批国家火炬软件产业基地的基础上，2007年9月，重庆获批首个国家级动漫产业基地。2008年，重庆市政府明确提出加大对动漫产业的扶持力度，打造西部动漫产业基地。

重庆高新区还采取了一系列措施，为创意产业发展提供一流的软硬件环境。

以重庆北部新区高新园为例，在政策上，该园从资金、技术、人才引进和培养、税收等方面对区内创意产业企业进行扶持，组建创意产业行业协会，成立创意产业服务中心，为区内创意企业提供帮助。

重庆高新区支持创意产业公共服务技术平台的建设与维护，对重点创意企业发展及创意获奖作品进行奖励；对企业原创性创意精品项目，给予相应的前期资助和奖励；在"创意产业发展专项资金"中设立"创意人才开发专项资金"，每年安排不少于 1000 万元的资金，用于扶持和奖励创意企业人才引进、培养和使用。

如今，享弘影视股份公司的动漫产品《乐乐熊的故事》已经在中央电视台播放，宏信公司以"八荣八耻"为主题的儿童动漫片已面世。

2008 年上半年，重庆高新区成功引入环球数码公司的后期动画制作项目。

王小若认为，领军企业的入驻与产业制高点的形成，能提升重庆动漫产业的制作水平和层次，扩大对动漫人才的需求，带动产业集群的发展。

与此同时，电子信息、智能化仪器仪表、新医药器械和先进制造业等几大主导产业也已成为拉动重庆高新区经济增长的主动力。

以中国四联仪器仪表集团有限公司为代表的智能化仪器仪表产业拥有多项专利技术，已初步建成当前国内

推进西部开发

107

规模最大、产品门类最全、系统集成能力最强的综合型自动化仪表研发与制造基地之一。

新医药器械企业囊括了医疗器械的八大种类，其中，以重庆海扶技术有限公司为代表开发的具有完全自主知识产权的高强度超声肿瘤治疗系统实现了对医疗器械大国的出口，开创了我国大型高科技医疗设备出口到发达国家和地区的历史。

在开发建设和创新创业实践中，王小若带领着重庆高新区一班人马，在创新中发展，在发展中创新，把昔日的城郊农村变成了人才聚集、创新活跃的高新技术产业基地，变成了产业兴盛、发展迅速的都市发达经济圈重要增长极，变成了环境优美、和谐稳定的都市风貌展示区，圆满实现了"二次创业"的各项任务目标。

"在新阶段和新发展条件下，国家对高新区发展提出'四位一体'的发展要求，这就决定高新区必然要追求以'质'的发展为主的新型城市工业发展模式，要实现从'二次创业'向'三次创业'的飞跃，进入以科技创新为驱动，以集聚创新资源、打造创新环境、提升创新能力、提高核心竞争力为主要内容，以创新为核心的新发展阶段，把'中国制造'真正转变为'中国创造'。"王小若说。

就未来发展远景，王小若认为，实施"火炬计划"是中国必须走的道路，各高新区必须坚持下去。做强做精产业基地是高新区面临的新课题，建设创新型科技园区是当前的重点所在。

桂林高新区促产业做大做强

经济快速发展的桂林高新区，在改革开放不断深入的2009年，面对新的形势、新的任务，不安于现状，不满足于当前，始终这山望着那山高，不懈追求，锐意进取，立足把高新技术产业做大做强。

始创于1988年的桂林高新区，是1991年国务院首批批准设立，也是全国5个少数民族自治区中的第一个国家级高新区。

建区伊始，桂林高新区就寄托着当代桂林人的无尽遐想与期待。经过十几年的建设，昔日望城岗下的荒山野岭、沟壑坟茔，早已被现代园区以及密布其中的高新企业所取代。

在"点石成金"的科技园区里，一批批现代高新企业茁壮成长，担当起桂林向前发展的引擎，牵引着桂林工业经济扶摇直上。

经过艰苦创业，桂林高新区实现了持续、快速发展，各项主要经济指标实现了三年翻两番的快速发展。

然而，桂林高新区人并未自傲，他们深知"山外有山，楼外有楼"和"逆水行舟，不进则退"的道理。他们没"枕"着现有的成绩睡大觉，而是放眼看世界，站在高山看高山。他们跳出桂林，积极开展纵向比，把目光盯着其他兄弟高新区和一些发达地区上。

对照强手找差距，桂林高新区管委会深感危机四伏。他们从中认识到了当前高新技术产业客观上存在着"强的不大，大的不强"的问题，更主要的是桂林高新区缺乏发展后劲儿，没有新的工业用地，新的招商项目进不来等。

"高新区不能在我们手中垮了。"桂林高新区领导深感自己身上的重任和压力。他们进一步统一思想，达成共识，形成了"务实为本、开拓争先"的高新区精神。桂林高新区从转变机关工作作风和转变政府职能入手，在全面加强硬环境建设的同时，全面改善投资软环境，进一步扩大对外开放，加大招商引资力度。

2003 年 1 月至 6 月，桂林高新区在受严重急性呼吸综合征（SARS）影响的情况下仍新增企业 186 家，包括外资企业 12 家，实际利用外资 2742.66 万美元。

要发展，就须投入。这是正常的经济规律，也是桂林高新区人认准的一条理。他们在每年拿出自有财力的 30％用于产业发展的基础上，还敢于负重辟新途。

2003 年 7 月，他们与中国工商银行桂林分行签订了一份《银政合作协议》。根据协议，中国工商银行桂林分行在符合国家金融政策和工行信贷管理规定的前提下，对高新基础建设和入驻桂林高新区的企业及个人提供 10 亿元贷款支持。

勇于负债经营，是桂林高新区谋求发展的一种胆略和气概。

桂林国际会展中心的建设，桂林高新区就投资了4个多亿。气势恢宏的桂林国际会展中心建成后，双重效益很快凸现。桂林国际会展中心不仅给旅游名城增添了一道亮丽的风景线，而且有力地推动了桂林经济的发展，有效地提高了桂林的城市综合竞争力。

在它的辐射下，桂林高新区内的旅游、餐饮、商贸、房地产与高新技术等相关产业的发展十分迅速。会展中心共举办各种会展近30个，其中全国乡镇企业经贸洽谈会等多个全国性的大型展会取得良好的效果。

仅全国乡镇企业经贸洽谈会暨产品展销会，共签约了274个项目，总成交金额达146亿元。特别是全国医疗器械博览会，与会人数达10万多人，是以往48届中规模最大、参展企业和人数最多、展室面积和特装面积最宽、科技含量最高、成交额最高的一次医疗器械博览会。

2002年11月，桂林国际会展中心还成功地举办了博鳌亚洲旅游论坛，全球30多个国家的政要出席会议。大批高素质人员和海内外商家带来了许多新思想和新商机，给桂林这座历史文化名城注入了新的活力。

勇于开拓的桂林高新区人，在壮大产业、扶持企业上，也舍得下本钱。

为进一步加快桂林高新技术产业的发展，桂林高新区以新区拓展为重点，以优化环境和完善服务为支撑，以体制创新和科技创新为动力，以量的扩张和质的提升

111

为目标，提出了实施"二次创业"的战略规划。

领导班子统一了加快发展的思想，确立了桂林高新区"一区多园"的发展思路，决定把建设电子信息城、医药城、信息产业园、朝阳工业园、穿山科技园，作为桂林高新区"二次创业"的主要内容和重点。

大力实施"二次创业"使桂林高新区铸就了新的辉煌。雄厚的基础也让桂林高新区能够坦然面对2008年开始的金融危机。

以自主创新促进企业升级转型，以自主创新拓展国内外市场。2009年，桂林高新区一大批企业紧抓机遇，挖潜增效，实现从技术跟随者到技术领跑者的跃升，在国际金融危机的不利影响中，彰显出顽强的生命力和开拓精神。

历经多年的发展，桂林高新区已经拥有工业企业500家，形成了电子信息、生物医药、机电一体化、新材料和环保五大支柱产业，拥有高新技术项目1500多项，拥有自主知识产权终端产品1072种，各项主要经济指标年增长速度超过30%。

国际金融危机使桂林高新区企业认识到，危机是促使新技术、新产品诞生的大好时机。

这些企业通过技术创新，不断提高产品技术含量，降低生产成本，极大地增强了核心竞争力，为确保园区实现工业经济平稳发展作出了贡献。

随着我国政府总额达4万亿元投资计划的实施，以及国家广电总局地面数字电视覆盖工作的全面推进，一系列扩大内需的重大举措成为桂林市思奇通信设备有限公司应对国际金融危机、大力拓展国内市场的难得机遇。

思奇通信设备有限公司成立于 2000 年 8 月，致力于微波通信传输设备的研发、生产、销售和工程安装，拥有高频宽带移频直放站、通信设备协议转换器、监控型电视微波传输设备和电视微波传输设备监控系统等 12 项自主知识产权。

随着国内有线数字电视用户数不断增长，2005 年思奇通信审时度势，从针对数字电视欧洲标准研发调制器，转向以自主知识产权中国数字电视地面广播标准 GB20600－2006 为发展方向。

2007 年 8 月 1 日，中国数字电视地面广播标准强制实施。2008 年，该公司研发的国标地面数字电视发射机取得技术突破，并且单频网设备在云南昭通成功开通。

2009 年 2 月，全国国标地面数字电视宽频解决方案研讨会在桂林市召开，思奇通信生产的国标地面数字电视传输系统设备备受与会者青睐，国内 60 多个地市县区广播电视局与该公司达成采购意向，意向采购产品价值超过 1. 2 亿元。

2008 年 9 月，国际金融危机全面爆发，大量出口企业订单骤减，桂林国际电线电缆集团也未能幸免。澳币汇率大幅下跌，导致该集团在澳大利亚市场的销售额、原库存产品损失惨重，折合人民币 8000 多万元。

该集团积极采取措施，有效应对不利影响。针对产品销售不均衡，出口份额占比过大的问题，桂林国际电线电缆集团积极采取措施，扩大公司营销队伍，积极开拓国内市场，把在国内的销售半径从 500 公里扩大到 1000 公里，加大了在广东、湖南、云南、贵州、成都、重庆、湖北等地的销售力度。

针对国际市场，桂林国际电线电缆集团采取让利促销降库存等措施，坚持让利不让市场，争取订单，以批量维持效益，确保公司生产经营活动正常运行。

同时，针对汇率变化，该集团采购原材料紧跟市场，大进大出，提高市场竞争力，并加大对其境外子公司澳大利亚电线电缆股份有限公司的支持力度，增加投资 490 万美元，大大缓解了该子公司因流动资金缩水带来的资金压力，增强了其运营能力。

针对国家扩大内需的重点投资项目，桂林国际电线电缆集团加快技术改造力度，投入大量资金开发新产品，扩大配套工程用电线电缆，重点开发高速铁路电线电缆、高速公路电线电缆等。同时，该集团还加强对一线工人的培训，努力降低生产成本，提高工作质量和效率。

据测算，2009 年桂林国际电线电缆集团产值、销售额将比 2008 年增加 20% 至 30%。

兰州高新区形成支柱产业

2009 年 9 月 2 日上午，由兰州市政府主办，香港贸易发展局、香港中华总商会等协办的 2009 年兰州高新区（香港）重点产业园区推介暨招商项目签约仪式，在香港会展中心举行。

甘肃省委常委、副省长刘永富出席会议并致辞。他说，改革开放以来，甘肃省与香港的经贸合作发展十分迅速，香港资金已成为甘肃境外第一大实际投资来源地。兰州高新技术产业开发区（简称为兰州高新区）作为甘肃省改革开放的前沿，更是香港客商在甘肃投资的热点区域。

经过多年的发展，兰州高新区已成为中国西北部投资环境好、市场文化程度高、经济发展最为活跃的一个区域。人们的目光再次聚集到了"高新区"这块兰州市的经济增长极上。这一切都让人们不得不重新审视兰州高新区的发展历程。

1988 年春天，兰州，春寒料峭。甘肃省政府启动了以兰州市城关区宁卧庄地区为中心，南至定西南路，西至天水路，东至范家湾，北至滨河东路延伸至段家滩的高新技术开发辐射和经贸区，一个高新区的宏伟蓝图在这里展开。

115

从此，一个新的国家高新技术产业开发区诞生了，这就是兰州高新技术产业开发区，同时也正式成为经国务院批准的全国首批 27 家国家高新技术产业开发区之一。

兰州高新区的"出生地"雁滩是当时兰州城区最偏僻、基础设施最落后的地区之一。

最初，人们对于高新区的认识知之甚少，唯一知晓的就是，企业入驻高新区可以享受优惠政策。甘肃省纺织品进出口公司合资生产箱包企业作为第一家企业进入园区，随后一批大学生加入到了郑州高新区的创业队伍中。紧随其后，蓝星清洗、兰港石化、奇正藏药等一批生产企业和科技研发机构入驻。

1991 年，兰州高新区成为国务院批准的首批 27 家国家高新技术产业开发区之一，规划控制面积为 14.96 平方公里。

建区以后，兰州高新区依托兰州地区工业基础和科技人才优势，牢牢把握"发展高科技，实现产业化"的建区宗旨，始终把培育自主创新能力作为高新技术产业发展的根本，围绕市场需求，优化区域环境，充分会聚、融合，利用人才、资金、技术等各种创新资源。

1992 年 9 月，甘肃省在兰州市举办了首届中国丝绸之路节，也就是在那时，兰州高新区的"科技一条街"闻名全国。

2000 年，西部大开发迈出实质性步伐，兰州高新区在发展上找到突破口。无论是以中科院兰州分院为代表的科研院所，以金川公司新材料研究中心为代表的国有大中型企业科研机构，还是以兰州石化为主体的石油化工科研力量，兰州高新区聚集了一大批高层次科研人才，在有机合成、真空技术、固体润滑等领域的技术创新在国内居领先水平。

兰州高新区的"出生地"雁滩作为当时兰州城区最偏僻、基础设施最落后的地区之一，从一条街起步，到成为兰州市高新技术产业的聚集地，显现出现代科技企业的勃勃生机。

在初见成效后，兰州高新区走上了"二次创业"之路。但在"二次创业"中，兰州高新区面临的最主要的问题是发展空间不足，没有成规模的产业基地，难以形成集聚效应和产业链。且现有园区地价高昂，导致投资成本过高，影响了企业进驻的积极性，严重制约了高新区经济的快速增长。

为了充分利用高新区的政策优势、服务优势和孵化优势，在更大的空间面积和不同的空间位置上，充分利用国家赋予国家级高新区的各项政策，优化科技资源和土地资源配置，形成以兰州高新区为龙头，以周边县区的科技工业园区为补充，一区多园、以区带园、上下联动、优势互补、资源共享的高新技术产业发展格局，2005 年，兰州市委、市政府将七里河区彭家坪和西固区范家坪 18.82 平方公里的城市建设规划用地，调整定点为兰州高新区"二次创业"的发展用地。

兰州高新区于"十一五"期间，在彭家坪按照装备制造业生态园区的功能分工，进行科学规划，努力引进特色高新技术产业项目，形成了兰州高新区的特色产业基地。

到 2009 年，兰州高新区已初步形成新材料产业、新能源与节能环保产业等六大支柱产业。

兰州高新区园区管理办王全贵主任说："高新区将以新材料和生物工程与新医药产业为重点，引导和扶持特色产业企业形成集群，全力提升产业规模，力争在两三年内把兰州高新区建成甘肃高新技术的聚集区，成为甘肃省和兰州市对外开放的窗口，兰州城市发展的空间和引领未来产业的战略高地。"

本书主要参考资料

《中国高新技术企业年鉴（2000）》王瑞明主编 科学技术文献出版社

《中国高新技术产业开发区劳动人事管理经验与政策》张德中主编 新疆人民出版社

《国家高新技术产业开发区十年发展数据报告：1991—2000》科学技术部火炬高技术产业开发中心编 科学技术文献出版社

《成都高新技术产业开发区年鉴（2007）》谭伯祥主编 北京方志出版社

《创新型国家的基因工程：中国高新技术产业开发区探究》刘永彪著 中共中央党校出版社

《中国高新技术产业开发区发展研究：关于管理体制与支撑体系建设的探讨》闫文圣著 中国矿业大学出版社

《苏州高新区、虎丘区年鉴（2004）》袁永生主编 上海社会科学院出版社

《创业的沃土创新的摇篮：昆明国家高新技术产业开发区十周年巡礼》刘明主编 云南美术出版社

《昆明高新技术产业开发区志》昆明高新技术产业开发区志编纂委员会编 云南科技出版社